RENJIAN PUBLISHER

台灣散文2015

十字路口

呂正惠——策畫
藍建春、沈芳序——編選

十字路口

總序　為何要出版這一套選集

呂正惠（人間出版社發行人）

一九九〇年代，我年富力強，但家庭經濟有些困窘（我必須為父親還債，而我太太並未就業），所以只要有賺外快的機會，我很少推辭。其中一項，就是參加文學獎的評審。當時的評審費還不算少，兩大報尤其高。因為這個原因，我閱讀了不少年輕作家的作品。又因為當時很多大學都舉辦校園文學獎，我在清華大學，長期負責這項工作，大學生的作品也看過一些。

根據我當時的印象，這些剛開始走上作家之路的年輕人，一般可以分為兩大類。第一類比較有寫作經驗，甚至跟某些著名家私底下學習過，他們比較熟悉當時文壇的流行模式，大都按照這些模式來寫作。模擬當然是學習寫作的必經過程，本來未可厚非。但如果一味的趕流行，變成千篇一律，讀起來也真是痛苦。這一類作品，除了明顯很傑出的之外，我通常都不會給高分。

我比較喜歡的作品是第二類。這一類大都來源於自己的生活，作者不很熟悉既有的文學套路，但他很想把自己在現實中的經歷與感受經過轉化書寫出來。這種作品也有很拙劣的，甚至文字都不好，當然要淘汰。另外一些，情真意切，雖然在文字和結構上略有缺點，我還是很喜歡。我往往把這種作品選入前幾名，希望他們最後能夠得獎。

決審會議的時候，我常發現我的看法和我打的分數跟別的評審差異極大，我喜歡的作品很少進入前三名，特別是成為首獎，而首獎作品，雖然就寫作形式來講比較完美，但我一點也不喜歡，還好我不是一個逞強爭勝的人，我的看法雖然很少反映在最後的結果上，我也不很在乎，反正評審費照拿。也因為如此，比較常在評審會見面的文壇朋友，都認為我是個怪人，至於他們是否覺得我的文學鑑賞力有問題，我就不知道了。

因為這樣的經驗，我就認為，台灣文壇無形中逼迫有志於寫作的年輕人都要往模仿的路上走，而且模仿的道路只有少數幾條，譬如一九九〇年代中期的所謂後現代小說，一九九〇年代末期至二〇〇〇年代初期的同性戀小說和酷兒小說。我覺得這是把初入文學之路的年輕人帶到死胡同，未來的發展很有限，按照他們選擇的路往前走，只會越走越窄，最後不斷的重覆，只好停筆。我個人認為，寫作應該從自己的生活出發，有感覺才寫，在寫作過程中逐漸掌握到遣詞造句和謀篇的技巧，這些技巧當然要植根於長期文學閱讀的累積。如果沒有這種累積，再有多大的寫作欲望，也不可能成為一個好作家。所以我認為的學習寫作的程序很簡單：從生活經驗出發，多讀，多寫；從中找出適合自己的寫作方式，最要避免的是按照流行模式一直寫下去，流行什麼就寫什麼，那一定會完蛋。我覺得台灣文壇一直鼓勵年輕人走後面這一條路，因此台灣文學的發展才會越來越艱難，最後很少人想讀。

四年多前，我在北京跟一位大陸朋友聊天。朋友閱讀興趣廣泛，剛讀過一批台灣新鄉土小說，他聽過別人談過這一種小說，想要知道新鄉土是什麼意思。他說，讀了這一批作品，他可以了解這些作家的心態，但從裡面看不到當代台灣的生活氣息。他認為新鄉土小說是按作家對台灣這塊土地的特定看法，去構設一個歷史世界，有相當的「人為」的成分。我覺得他的感覺很敏銳，但我反駁說，大陸的莫言、閻連科、甚至某種程度上的余華，雖然內容更廣泛一點，但他們的構思方式，不也是用一種歷史觀，去描述大陸過去幾十年的歷史嗎？他大致同意我的看法，不過他又說，大陸作家人數多，還有更多的人不按莫言等人的方式來寫作，他們作品中當代生活氣息相當強，讀者並不比莫言等人少（當時莫言尚未得到諾貝爾獎），你們台灣專門出版莫言這一類作家的作品，對大陸文壇的理解相當的片面，他這種看法我是同意的。

他問我，為什麼台灣的小說會這麼缺乏當代生活氣息。我就把我過去參與文學獎評審的經驗講給他聽，我說，台灣評論界會特別偏愛某幾種創作模式，這對新進作家形成無形的壓力，讓他們不知不覺的往這種方向走，以至於他們的創作常常不是從自己的生活經驗出發，只有這樣，他們的作品才有可能獲得青睞，因此，才會有你提出來的那種現象。

朋友突然說，雖然你的文學觀點在台灣不受重視，你還是可以想辦法編一些選集，經由這些選集，來讓台灣的創作者和讀者了解到，這也是一種文學作品，而且可能是更好的文學作品的起點。我說，你簡直在說風涼話，你知道這要花多少工夫，花多少錢，而效果卻微乎其微，我為什麼要做這種事情，我還有很多事情要做。我的朋友反唇相譏，你不是很有使命感嗎？難道你再為台灣文壇做一點事你都不情願嗎？如果這樣，台獨派不是更可以說，你一點都不關心台灣。我當然理解，他講這種話是要逼迫我去做這一件事。我以前那麼關心台灣，老是提出一些「諍言」，沒人理我，還有人罵，我只好走開，有誰要我再用這種方式去關心台灣呢？朋友看我氣得不想講話了，就轉換口氣說，你自己估量一下，有沒有可能按你的觀點來編年度文學選，就算你再為台灣再盡一分心意吧。

這一次談話給我留下深刻的印象，我一直沒有忘記，一直在想有沒有可能做這件事，要如何做，又不會太花我的時間，畢竟我還要做其他的事。我終於想起我以前指導的博士、現在在靜宜大學任教的藍建春，我約他談這件事。建春在靜宜大學一直教授台灣文學，他的文學觀點和我並不完全一樣，但也和台灣的主流觀點有相當差異，至少他對於作品好壞的判斷是相當具有獨立性的，很少受到別人的影響，如果他願意承擔編選工作，這一套選集一定會有特色，這樣就值得一做。

我們見了面，我談了我的構想，以及選錄作品的最基本原則（從生活經驗出發，要有當代生活氣息，不要太重視技巧與創新）。我問他，如果他同意我這些大原則，他願不願意承擔這一項工作；如果他願意，我會儘可能的尊重他的選擇，盡量不予更動，我相信他的眼光。建春同意了，而且說，他一個人負責選小說，另找一位他信任的學生一起選散文，我非常高興，這一件事終於可以進行了。

建春原計畫在今年二月底前把選目和作品交過來，但因為是第一次做這種工作，還是拖了一段時間，等到他交出全稿時，九歌的年度文學選剛出版不久。我立即買來九歌的兩本選集，和建春的選目核對，發現除了一篇散文外，其他選目竟然完全不同。我非常高興，這就證明兩邊各有各的選擇標準，這樣，對文學有興趣的讀者，至少可以讀到兩種選集，怎麼說都是一件好事。我再花了幾天時間，把建春所選的作品粗略的讀了一下，發現這些起碼都是不錯的小說或散文，建春顯然是很有眼光的。也許他可能會一時眼花，遺漏了某些更好的作品，但至少我們可以說，選進來的都沒選錯。我要特別感謝建春和他的合作者。

最後要說明的是，有極少數的小說，因為沒接到作者的同意函，只好割愛。讓我們困惑不解的是，約有三分之一的散文，作者一直沒有回信，不知道是我們連絡的方式出了問題，還是其他原因，總之是不能再等了。過去兩年內，我瀏覽所及，記得有兩篇好文章，徵得建春同意，也收了進來，放在散文卷最後面。其中一篇二〇一四年發表，另一篇寫於二〇一四至二〇一五，收入二〇一六作者自費出版的書中，與本選集的體例略有不合，但兩篇都是寫得很好，可以彌補散文選篇幅的不足，希望讀者能理解。

我們第一次嘗試這種工作，一定有很多不足之處，希望讀者多多指教。

二〇一六年七月二十二日

導言

藍建春（靜宜大學台灣文學系副教授）

一、為台灣造景存像

大約在七、八年前開始，台灣社會忽然流行起一種做法，試著為過往一整年挑選出一個字，來加以概括、代表。就中，曾有過「亂」字、有「淡」字、有「讚」字，也有持續不斷、幾乎蟬聯不去的「假」字、「黑」字。這些字從最初至今，也就這麼沒得多讓它們考慮地一一光榮入選為年度代表字。

據說，代表二〇一五年台灣過去一年的這個字，乃是個「換」字。但話又說回來，這「換」字或許相當傳神地顯示了台灣社會、人民，對於諸多既來自大自然、而同時也不乏再經人事加成所造就而來的種種災變、磨難、不平的回應，因此濃縮著巨量到幾乎快炸裂的憤懣、不滿之情意。但根本性的改變，終究不可能就這麼直接了當地到來。即使如此，政治大選中最後出爐的結果，到底還是傳達了社會人民、內在的某種近乎難以逆轉的心聲。

那麼，在二〇一五年整個年度的文字創作中，是否也同樣能夠用一種年度代表字的方式，來加以概括？坦白說，硬要去指派某個單一的特定概念、特色，來涵蓋一整年的文字作為，無疑存在著太過巨大的危險、太過專擅的武斷。但雖然如此，如果我們把它放寬來看，令其不再侷限於單一形態，則或許，還是有機會稍微展現出過往一整年的文字寫作成績及其相對特徵。

閱讀形態的改變，早已是老生常談。當然，鐵定也不會一直等到二〇一五年才發生。自上個世紀九十年代以降，這股潮流直是從來未曾顯露過任何枯竭的勢道，相反的，反倒只能說變本加厲地大步前進著。換句話來說，人們即使還有機會、還存有一丁點閱讀的意願，恐怕也不大樂意再看那麼些長得像極了過往傳統經典般的厚重文字。長不如短、重不如輕、而文字又不如圖像。也因此，種種短小輕薄大行其道的文壇描述，這二十餘年來，幾乎就從未曾間斷過。原本在這一波波襲來的浪潮中，多少還試圖或捍衛、或緊守文學殿堂神聖敘事的許多園地，特別是部分報紙副刊、藝文雜誌，也逐漸地體認到這中間的難以抗拒之力，清楚地進行了大刀闊斧的變革。

由於編輯形態的改變，在此一文字傳播介面的變革過程中，逐漸地，這一衝擊直接間接地相繼出現在原本捍衛文學神性的傳統報刊、藝文雜誌之上。假如題材是旅遊，必有華美、亮麗的風光景緻攝影，牢牢奪人目光。如若材料是美食、精品，那麼，種種能夠讓人垂涎的、欲望擁有的視覺組合，就更容易想像了。到此，圖像不再只是陪襯，不再只是妝點，它甚至直接就已經成為了主角。而說起來，這樣的文字呈現形態，其實我們一點也不陌生。一來，它不是最近才出現，二來，現代年輕族群，老早就已採用這種方式連綴他們的大作了。換句話說，在種種網路部落格的世界中，在種種社群網絡的網頁上，幾乎不分年齡的所有網路族群，老早就已習慣這樣的造文方式了。一段文字，對應一兩張圖片，絕對可以算是羽量級，至乎超重量級那種數十張圖片，給你一兩個字的，也所在多有。

現在的情況似乎則是，傳統的報紙副刊、藝文雜誌的所有編輯，再也攔抵不住這股勢頭了。於是，撇開內容不論，《聯合文學》的內在外在，匆匆那麼一頁頁翻過去，就像極了一本時尚雜誌，漂漂亮亮。說真的，略去封面上的刊物名稱，我也真會覺得拿在手上的是本時尚雜誌。完全是過往年代的文藝雜誌所無法想像的精美、炫目。讀者買了即使不翻不看，好像也能當做一種稱頭的物件，既不有愧也無歉疚，就這麼得其所哉地平躺、斜臥於客廳某一角落。主人問心無愧，雜誌也能了無歉疚。於是乎，報紙副刊三天兩頭就得休市一回，讓其他流行時尚、美食旅遊、精品豪宅，輪替著登場亮相。往往還會連休個兩三天。而一旦回復營業，報紙副刊的編輯也跟以往大不相同。就像藝文雜誌那樣，盡可能地擴大圖片的板塊比例，盡可能地縮限文字占領的空間大小。也因此，整年下來，我們看到的，數量最多的文字成果種類，就是那種一目恐怕可以十行的兩、三百字形態。而那兩、三百字裡頭到底寫了些什麼，容我告罪自首，我幾乎全忘光了。

但很顯然，已經絞盡腦汁的編輯，或許仍深覺這樣的作為，力道還不夠強烈，因此，更直接地就嘗試起模仿、營造網路介面的樣態，乾脆把Facebook、twitter、Instagram通通都給搬上文字舞台，也每隔三、五天，就邀請知名人物、點閱率超高的熱門文青之流，在報刊、雜誌上轉貼他們各自的「大」作。看到這一切，我不禁為這些想方設法要拯救、要維持、要苟延續命的偉大編輯們道聲屈。一想及這作為的背後，便實在讓人不由無比心酸啊。

然而，即便如此，報紙副刊、文藝雜誌的大小主編，依舊還是嘗試了各種努力，去逆轉或者去順應這樣那樣的時代潮流。譬如文藝雜誌，便經常可以看到會讓人眼睛一亮的主題企劃，諸如文人的小旅行、家書、過往記憶的珍貴物件、不同領域的對談，等等。至於報紙副刊，則透過帶狀的編輯形態，不斷週期性的更替專欄作家、或連續性企劃，營造特定的效果。

整體而言，二〇一五年一整個年度的成績單，應該還是可以讓人接受的。

但話又說回來，逐年快速成長的游擊性短打文字形態、甚或乾脆讓文字介面扮演或自居為網路渠道的文字版，這一切到底又會為我們帶來什麼樣的未來呢？出現在報刊、雜誌上的FB貼文之類，到底還會有誰來看啊？以我自己為例，我不禁揣想，如果不是為了選文章，我有可能那麼老實地、那麼耐得住性子，一天一天去翻閱、檢視這樣那樣的報紙副刊嗎？那麼會去看的是那些所謂文青嗎？還是臉書的重度狂熱分子？而各類藝文雜誌，又到底有多少的讀者群，還會繼續去做一種叫做閱讀的事情？對於這一切問題，我自己的答案，還真難說出口。

即便如此，繼續在傳統文字創作的航道上行進的，仍舊不乏其人，也因而讓人倍覺欽佩。只是一想到，到底還會有誰在閱讀、來看這些，便令人多少失落。

簡媜、周芬伶、張拓蕪、阿盛、邱坤良、亮軒、吳晟、劉大任、陳芳明、吳敏顯、張讓、焦桐、趙玉明、駱以軍、康芸薇、劉靜娟、季季，以及不以散文見稱的白先勇、歐陽子，等等知名的資深作家，也都在二〇一五年留下了諸多值得好好回味、再三瀏覽的文章。就中，有固定在報紙副刊、文藝雜誌上寫專欄的，像是駱以軍、邱坤良，或行各種議論、抒發，或特寫交往師友中的獨特人事；也有一口氣就推出數萬字大作的歐陽子，透過〈日本童年的回憶〉，描繪了二戰結束前台籍人士異國生活的某些面向。至若如周芬伶，則除了散見報章的隨筆短文之外，還奮力完成了《龍瑛宗傳》。這些在上個世紀早已為自己奠下聲名的散文作家，至今仍在筆耕不輟的隊伍中，如此這般堅持的精神演出，就已令人感佩在心。

中青世代的作家，在二〇一五年度的演出成績，不論是整體數量上、還是寫作風格的特徵上，也同樣讓人不能輕忽。由楊佳嫻、李欣倫、劉梓潔、呂政達、王盛弘、楊富閔、羅毓嘉、黃崇凱、黃文鉅、陳栢青、阿潑等人所匯聚的浩浩蕩蕩的隊伍中，則顯然不掩其初航之際的寫作企圖。或在取材上注入巧思，或在切入視野上賦以新意，或者進行其他各項試驗。當然，僅以一年、甚或一作驟下論斷，未免不宜。也因此，不論是否選入這本年度散文選，終究不證明任何除了編選者偏好、偏惡、編選考量之外的更多事情。私以為，一作得獎桂冠、一作洛陽紙貴，終究只是一時，唯有潛心續航者，最後定能繞行出屬於他人無法取代的文學軌跡。

除了那些難以一言道盡的個人偏好、偏惡之外，這本文選，企圖能夠在兩個軸線上去展現過往一整年的散文寫作成績。其一在於文中所顯現、連結、對應、批判、牽纏的台灣社會，不論是族群、歷史、文化、還是政治災難、運動休閒，要言之，這些作品能夠為讀者展現出，或者引領讀者觀察到，台灣社會相對獨特的任何特定面向。也因此，藉由整本年度文選，我們所希望呈現的，乃是一幅又一幅，出自不同世代、不同族群背景、不同政治想像的作家，所繪製的台灣造景。其二，在第一個編選原則的基礎上，作為輔助性的第二個考量則是，盡可能照顧到文字形式上的成就、特色。換句話說，這本文選並不以所謂美文、文章流利、文字奇巧等等，作為編選的主要心法，相對地，在文字順暢的基礎上，能夠鏈結種種台灣過往的、現在的、未來的造景圖像，才是這本文選最根本的想望。

二、二〇一五年的文學成績單

二〇一五年，整整一年這麼大量的文字創作中，當然不會只有那些兩三百字的部落格文章、ＦＢ轉貼、推文之類，儘管說，這類文字特性恐怕至少在近期內，不大可能朝向另一個方向改變。但到底還存在著別種形態的文字作品。若以數量上來看，最大宗的前幾名，大概還是會跟旅遊、飲食有關。而擷取、運用這類題材而成的長短文章，當然對台灣文學來講也不會完全陌生。當然，這類題材的寫作，也不至於純粹只是過往的重複，而沒有任何的新創、發展。退一萬步來講，至少，除了往日常見的東京大阪京都、紐約巴黎倫敦之外，現在更有機會看到布拉格、愛情海、北海道小村落、不丹、里約熱內盧。而即使寫的同樣是京都大阪，但很顯然愈來越能夠以作者相對獨特的文字節奏、文化內在、情感悸動，進行極為不同的移動紀錄。

如此一來，可好了。如果有那麼多大家都已經看熟了、甚至看爛了的題材，偏偏正好是過去一年出現頻率極高的作品類別，那麼，這本選集該怎麼辦？繼續選，不予理會，還是乾脆通通都不選？個人以為，即使在這類幾乎已經浮泛到熟爛的作品中，依舊還是存在著相當數量、值得細細品味欣賞的好文章。但話又說回來，就像前頭所述，這本選集終究不是為了挑選出一篇篇、美輪美奐，讀了讓人賞心悅目或食指大動的作品。同時，過分依傍比例原則，最終編成了一本旅遊美食集，恐怕也未免讓人難堪。相對於此，我們的編選設想，則主要建立在鏈結、呼應台灣社會造景的大方向上。因此，重疊於旅遊、移動一類題材，我們選入的乃是郭強生〈媽媽我在湖南了〉、石計生〈帶著她的歌去旅行〉、劉大任〈再見長城〉；在飲食、食物一類材料上，我們選出的則是田威寧〈秋刀魚之味〉。在這本選集中，我們盡可能不選單純圍繞著美食、旅遊打轉的文字。譬如，透過郭強生的〈媽媽我在湖南了〉，進一步能夠讓讀者有機會去察見到，四九年後來自大陸各省的外省子弟，那種曲折纏繞的家族身分認同與歷史行動的複雜軌跡。石計生的〈帶著她的歌去旅行〉，藉著江蕙退出歌壇的事件，連結到故鄉與人生的諸般情懷。江蕙的歌聲中飽滿的人生況味，絲絲滲透著悲歡離合，因而讓一代又一代的台灣人，著迷於獨特的二姊歌聲。

除了旅遊、飲食在近十來年蔚為大觀之外，傳統抒情、記事、寫人、詠物之作，也是過往一整年，比例甚高的作品類別。儘管說，各自的寫作形態、綴文方式，相互殊異，未可等量齊觀。但就像上頭所述，這本選集並不為純粹因為某一文章，寫了人、狀了物、描了景，就將之選入到選集之中。因此，雖然寫的是人事、景物、記憶、情感，甚至於觀察、評說各類材料，在這本選集中，也試著盡可能選入能夠延伸、連結、呼應著台灣社會，在時間歷史上、在各個構成領域面向中，呈顯出社會多重、多向造景的文字作品。

以寫人或兼寫其事蹟言行的作品為例。選集中選入了王正方〈朱大哥生我的氣了〉，取材自威權時代的國民政府特務，與海外獨立異議分子，所謂黑名單人士之間的詭異糾結。

比較特別的是，王錦南的〈仰視浮雲白〉與林慧君的〈父親走了以後〉，寫的都是作者自己的父親。王錦南筆下的父親，半生戎馬，正是當年來自大陸各省的老兵；而林慧君之父，則是成長於殖民地時代、接受過日本教育的一代。不論是成長背景、身分屬性、還是作者的筆法，都形成一種獨特的對照組合，同時也為我們描繪了特屬於台灣的時代變遷下之人物景致。

主在於抒發情懷、感受一類作品，這本選集也選入了像是祁立峰的〈瑪莉兄弟〉與陳又津的〈陳秀珍〉。情感的召喚、描摹中，往往易於暗伏著礁石、碎片，從而形成創作者的巨大試煉、甚或淨化昇華的艱辛儀式。〈瑪莉兄弟〉不單單寫了兄弟之情，而且也提供了延伸向台灣社會逐漸加重的精神疾病現象探觸的可能性。許是在雜誌專題編輯、作家書信的子題下進行的創作，因此，作者藉此寫了封信，娓娓向兄弟也向自己道來，過往兄弟間的情誼，但人生畢竟無法類如當年兄弟倆所遊玩的電玩遊戲「瑪莉兄弟」那樣，可以不斷重設、重玩，如今弟弟精神狀況失衡，卻又如何重來。文筆簡約，情思卻是濃重的難以化解。而陳又津的〈陳秀珍〉，所寫所記，既是身為女兒的自我寫照，更是個人成長與家庭告別的雙重軌跡。更具代表性的是，這個家庭的組成方式中，完全就是台灣社會近十數年來，一個又一個新住民及其子裔誕生的縮影。作者從舊名的更改開始追問起，慢慢鋪陳出自身在這個家庭的成長、與告別。某日，在過馬路時，彷彿聽見有人叫喚自己的舊名（陳秀珍），回頭望去，原來是一對賣紅豆餅的父女，但也因此回想起過往年歲曾以鹹光餅販售維生的父親。當陳又津年紀大到足以認識父親時，父親就已經是個老人了。在年歲日漸推移的過程中，當年的小女孩也慢慢變成一個不符合「陳秀珍」形象的人。包裹在作者淡然的文字裡的，其實正是一個女兒「離開」父親的過程。當然，更多的是已經滲入生命肌理的、相對集中在新住民族群身上的生存磨難。

相較於傳統的寫人、記事、感懷、情傷，這十來年中，更值得追蹤留意的，私以為，應當是在圍繞著生態課題、實踐著報導精神一類的作品。履踐這種寫作關懷、文化精神的作品，雖然始終不曾在過往的時光中稍有間斷，但要再演出或帶來二〇一二年之際《正負二度C》那樣，眾所關注的回響，恐怕機會不會太高。差堪值得安慰的是，回望二〇一五年，至少因為鴻海郭某與小學生之間的一番往還插曲，讓媒體與國人暫時在百忙之中，一度關注了台灣的猛禽黑鳶，而焦點便是梁皆得團隊耗費無數心血，前後歷時二十多年所完成的紀錄片《老鷹想飛》。從當年的沈振中，到現在的林惠珊，終於為我們稍微撥開些許黑鳶為何消失於島嶼的迷霧。而原來，這道光亮竟是由農田中一堆堆、毒死的禽鳥屍體所帶來的消息。當年的沈振中，毅然決然放棄正式教職，一心一意只為了實踐猛禽之愛，而今，值得慶幸的是，仍舊還有一群人願意繼續憑著傻勁、做著傻事，保存著台灣島嶼上的傻勁傳統。也因此，即使台灣現在幾乎變成了詐騙集團的養成訓練中心、人才培育搖籃，不斷在島內吸血、在海外造孽，但終究無法完全遮掩掉還有一堆奉信著傻勁做事的傻人族群。其他相似的作品，像是黃志聰〈遷徙〉、吳晟〈溪州尚水米：水田溼地復育計畫〉，同樣值得對台灣深感興趣的朋友，來一探究竟。

至若以相對特殊的族群，譬如新住民、同志等等為題材的，這本選集也選入了像是陳又津〈陳秀珍〉、張怡微〈君自何處來〉、謝凱特〈我的蟻人父親〉。出生於上海的作家張怡微，由於求學而來到了台灣。〈君自何處來〉抽樣的正是台灣這個移民社會中，關於根源與枝葉之間的辯證關係。在舊曆春節返鄉過完年後、作者又再度來到了台北。就在移民署等待加簽的空檔中，張怡微近距離為我們記錄了一幅幅的人生縮圖。同樣值得一觀的是〈我的蟻人父親〉中，橫陳在勞工父親與同志兒子之間的巨大鴻溝，與曖昧難解的情感狀態。

最後一類具有鮮明時代意義的題材，則是這個時代的台灣年輕人。每個時代當然都有年輕人，但這個時代的年輕人，又何其不幸、降生在如今。既受嘲諷、狎稱為草莓一類可愛而脆弱的物件，卻又未能如人見人愛的草莓般，獲得這個社會的真正關愛。唯一在其生命記憶中，仍然與愛有關的痕跡，則可以追溯到有如上一個化石年代般久遠的，來自雙親的、長輩的溺愛寵愛。然而，世界的翻轉、遠比想像中更快。年輕人之於熱血、正義、公平、理想的內在渴望，儘管更容易促發年輕人投入行動實踐的拯救道路，但這股熱血，終究抵擋不住台灣近幾年的冷酷現實。當草莓長大之後，翻臉不認人的這個台灣社會，便讓那些年輕族群，不由自主地陷入在多重的自我厭憎、自我唾棄，難以聚集丁點成就的狀態中，展開一種無止盡的漂移。更嚴重的情況下，甚至連做夢的資格也都被剝奪了。選集中，包括黃文鉅〈魔山〉等作品，都在某些向度上，為我們刻劃、展示了這個時代的台灣青年族群。令人沉痛的是，即使我們明確認知到，就算不是在世紀之末，每個時代也依舊都會存在著一定數量的虛無、飄渺分子，但偏偏組成這個時代的青年靈魂之眾多成分中，最多的就是那類無方向感、無目的性、也不太敢做夢的內容物。當年輕人不再做夢，社會又如何去奢望未來？於是，這幾篇作品，便各自從家鄉的轉變、時代的跳躍、個人的成長軌跡中，為我們繪製出一道道陰慘無比的痕跡。

其餘選入各篇，或以獨特的聯想式綴文、串接起一整個世代的興衰起落、海海人生，例如羅毓嘉的〈七、七〉。羅毓嘉企圖為讀者列舉了所謂七年級世代，較為具代表性的七種樣貌：頂尖七、彩虹七、榮譽七、浪人七、便利商店七、魯蛇七、虔誠七。譬如頂尖七過著氣死人的生活，含金湯匙出生、讀名校、有令人稱羨的工作。對比於此的，當然就是魯蛇（loser）七。彩虹七，在浮動的疆界中，不停超越一般人對身體與性別的刻板印象。而被標誌出來的詩人鯨向海，其實以出生年（民國六十五年出生）來看，是六年級生；所以當然只能是榮譽七。浪人七，則是勇敢返鄉的遊子。便利店七，是在通才教育下培養出的小螺絲釘。在無限衍生的商店服務中，努力保持雨後的乾淨地板、在廚房裡被燙傷……而祈願這個世代獲得一種莊嚴的修復，莫過於虔誠七了。正如同羅毓嘉筆下的這些「七」、彼此之間相互矛盾，就某個角度言，台灣社會內在實況也恰如七年級世代的上訴縮影般、彼此歧異混雜錯亂到不行。「有人巴不得的要弒君殺神同時反死刑」。但是，這些「七」仍會感動，失戀時還哭得出來，看一場舞能產生些悸動。這些「七」之中，多數人在這輩子註定無法在台北買下任何一方容身之處。在各式各樣的符號裡，三一八學運「意象符指雞排妹都變成裝飾自己身上的好料」，在這座「吃人的島嶼」裡，希望能得到快樂的「七」們，從而混雜出各種台灣社會造型的可能樣態。

五味雜陳的滋味，說到底是怎生一種滋味，其實也很難說清，但這般滋味的描述方式，或許差不多接近於我們此刻的心情。敬意與感謝，當然是源於過往一年勤奮地在文字園地上耕耘的所有人；捨此則無其他可能，沒了文字創作、是否就等於世界末日？終於完成工作的鬆弛感、回望過往一年的天災人禍所召喚的不忍之情、一天一天檢閱報刊的瑣碎無聊，種種情狀不一而足，儘管互相牽扯、抵銷、拉鋸，但終究能夠在承擔任務的戒慎與挑戰中，讓我們順利抵達終點。由衷希望的是，如果這本選集，能夠為兩岸間的文化交流工作，奉上些許心力，那就更是功德無量了。

目錄

郭強生

紐約大學（NYU）戲劇博士，現任東華大學英美系教授。集評論家、學者、劇場編導、作家多重角色於一身。二〇一二年出版長篇小說《惑鄉之人》，獲第三十七屆文化部金鼎獎。二〇一五年散文作品《何不認真來悲傷》獲第四十屆文化部金鼎獎以及《中國時報》年度好書獎。

媽媽我在湖南了

我身體裡流著一半湖南人的血，到了五十歲這年才終於第一次踏上湖南這塊土地。

小時候的印象裡，湖南從來不像是一個地方，它的存在只能用方言口音來辨識。父親是北方流亡學生，隻身來台，母親則是湖南零陵縣人，來台的親戚較多，每年三節的親友聚會，一屋子的湖南話，好像這種口音到了哪裡，哪裡就成了湖南。

母親普通話其實說得很好，所以每次聽她變換聲道講起家鄉方言，總覺得又有趣又神祕，彷彿母親有另外一個我不認得的身分。年紀越大就越能了解，那也的確是真的。那個在家鄉時的千金大小姐，和來台後被後母欺虐身世飄零的母親，她們早就屬於不同的世界了，只有跟親友講起家鄉話時，她看起來會比起說著普通話時多了一分自信與小女兒家的嬌憨。而那口湖南話在我聽起來，還真是土。

一直也只能聽懂個七八分，更不用說把「媽媽的話」學起來。過去二十年台灣的中小學教育裡多了「母語課」，好在這些教改「有識之士」只把客家閩南與原住民母語列入課程，否則外省方言五湖四海，母語課怎麼開得完？雖然我不會說湖南話，但聽多了也慢慢開始能分辨，零陵的口音跟長沙的口音也是不一樣的。記得小時候，母親經常拿自己的口音開玩笑，模仿起念中學時上英文課，老師用的是湖南話念ＡＢＣ，成了：「欸鼻稀迪義阿府直」。每次母親說完自己都一定先爆笑。

母親死後，我的世界裡就再沒聽見過湖南話了。所謂當年的那些「親友」，都是遠房堂表叔嬸，母親自己並沒有血親的手足。在剛到台灣的那些年，戰火離亂後倖存又能同聚的他們，管他究竟是不是一表三千里，都成了一家親。而隨著重新落地生根後，有了自己新的娘家或岳家，這些聯繫也就慢慢淡了。淡到我都開始忘記，我是從小聽著湖南話長大的。

到了湖南一落地，我趕緊找來一份大地圖，尋找零陵縣與所在位置相隔多遠。雖然行程上沒有這一站，我心裡總想著，也許途中可以脫隊，如果已經只是一兩小時車程之隔而已。我也不知想要走一趟零陵的目的為何，那裡早也沒有母親的親人了，就好像，是代母親去走這一趟吧？

但是地圖上並沒有零陵縣這個地方了。

我只能看見一個新的大行政區叫永州。永州八記。小時候母親就告訴過我，那就是在他們零陵縣。但是如今零陵縣的地名卻消失了，我依母親曾提起過的家鄉附近城鎮名索查，距離母親家鄉最近可尋的地點，大概就是白水灘。

雖然因此打消了脫隊的念頭，但隨著旅行團的路線越向南行，我的心情仍是止不住波動起來。因為雖然看不見零陵，但是卻開始聽見跟記憶中母親相似的口音；距離永州越近，聽到的頻率就越增。我的聽覺中有一塊曾退化的檔案又被重新開機，我在心裡跟自己說，哪裡有零陵話，哪裡就是母親的老家，其實我一直都是對的。

一回飯局過後，在餐廳外抽菸時我聽到身旁的老兄在講手機，心裡一震。聽了好幾天湖南話，這人的口音才是最接近母親的，絕對是母親老家附近的人。他那口標準零陵話立刻將我帶回了童年家族聚會的記憶……

您是白水灘那兒的人吧？等對方掛上電話，我問道。

他帶了點驚訝，怎麼有位說著標準台胞式普通話的遊客能聽出他打哪兒來。

我笑了。沒錯，我真的是半個湖南人。

而隨著行程南移，喚起記憶的不光是只有口音，還有料理的風味。

在餐桌上第一次看見醃白蘿蔔皮，我激動得說不出話來。台灣人只吃蘿蔔乾，但這道只用削下的皮做成的泡菜，我只有在小時候在自己家吃過。母親親手醃做泡菜，那是多久以前的事了？

把白蘿蔔去皮，內肉切成塊跟排骨燉湯，切下的皮晾乾，用鹽抓一抓，再放幾片辣椒，過個兩三天就可以吃了。這是小時候經常上桌的家常菜。

白蘿蔔皮的口感極佳，生脆又有嚼勁，還帶了點淡淡的辛辣。因為在外面的館子裡從未吃過，這彷彿是母親自己發明的一道私房菜。直到這一天在韶山又與它久別重逢，我才突然理解了，為什麼只有小時候才吃得到母親的泡菜。

那是鄉愁的密碼。故園不再，太多的眷戀已無益，卻又無法完全割捨，只好將情緒記憶用一道道簡單的醃菜代替。不用太複雜，卻絕對道地。也只能當小菜偶爾佐飯，幫自己找到歷經生離死別後的一點平靜。

母親的鄉愁密碼還有豆豉辣椒，辣到全家只有她敢碰，裝在一個小玻璃瓶裡。每次挑出個一小匙，母親邊吃邊會說，辣得過癮。

另外一樣讓我記憶深刻，我只有在家裡才吃過的醃菜是芥菜梗。厚又胖的芥菜梗一片片裝進小盆裡，要等它微微發酵，一開蓋有一股怪味撲鼻，就算完成了。小時候我嫌它帶苦味，並不愛吃。母親開蓋檢查她的心血時，我總在一旁喊著：「醺死人啦！」

當時不知道，能吃到母親親手醃製的家鄉味泡菜，也只有那幾年時光而已。同樣的，以前小時候父親也一定要自己親手做他們正宗北京式大滷麵，總嫌外面做的不到位。他所謂的京式大滷麵，據說是滿清宮裡頭傳出來的，木耳黃花，蛋花白切肉，最後還要淋一點陳年醋提味……

然後，不知道從什麼時候開始，他們都不再堅持所謂的正宗家鄉菜了。

是因為慢慢地終於能夠跟故鄉揮別了嗎？當在台灣生活的經驗已超過印象中的老家歲月，是不是才讓他們終於說服自己，那些口味真的已是過去式了？還是說，看著下一代子女開始融入本地的飲食習慣，同時漢堡三明治越來越西化成了偏愛的主食，原來他們還想藉家鄉味把記憶傳承的用心，開始顯得徒勞無功而決定放棄？

陪父親回過一次北京，我吃不到所謂的家鄉味，反而不時便走進了台商經營的館子，標榜了台灣口味。

而來到湖南，那一小盤不起眼的醃白蘿蔔皮，竟讓我陷入了無限哀思。母親過世已赫然十年了……

那些家鄉菜因為簡單，反而有種更真實純粹的口感，才能夠在記憶裡一直留存，不會跟其他烹調的酸甜苦辣混淆。精彩的人事物有時反而容易成為過眼雲煙，顯得愈發不真切。家常的平淡，到了我這個年紀才發現，它一直堅持在記憶的某個角落守候著我，不曾離去。

記憶中，幼稚園的我最喜歡吃母親做的一道點心，做法再簡單不過，就是攤個甜雞蛋餅。一點點麵粉，一點點糖，和進金黃的雞蛋汁裡，然後煎鍋上翻面幾回就成了。星期天的早上，甜雞蛋餅曾是我最盼望的早餐。大概就是太不起眼了，外面餐館裡從沒看過這道點心。西式鬆餅這幾年在台灣大行其道，又是巧克力又是蜂蜜，還要加上冰淇淋與草莓……不管花招怎麼多，都沒法引起我太大的欲望。大概是童年時母親那道近乎貧窮克難的甜雞蛋餅讓我太難忘了吧？

萬萬沒想到，在湖南某晚豐盛的晚宴後，服務生端上的最後甜點竟然是，久違了的，甜雞蛋餅。

那一刹，我在心裡不假思索冒出的一句話便是，媽，甜雞蛋餅耶，真的是甜雞蛋餅哪……你看到了嗎？……

原載二〇一五年三月《幼獅文藝》第七三五期

石計生

社會學家。筆名奎澤石頭，台灣當代詩人。一九六二年出生於台灣高雄，祖籍安徽宿松。美國芝加哥伊利諾大學社會學博士。現任東吳大學社會學系教授兼系主任、台灣藝術與文化社會學學會理事長。研究領域為藝術社會學、社會學理論、台灣文化研究、地理資訊系統。主要學術著作為《閱讀魅影：尋找後班雅明精神》、《時代盛行曲：紀露霞與台灣歌謠年代》與專書論文《歌謡、歌謡曲集と雑誌の流通：中野忠晴、「日本歌謡学院」の戦後初期台日に対する文化を越えた影響》。亦出版詩集《曙光》等六種，散文集《成為抒情的理由》兩種。

帶著她的歌去旅行

一

那時知道要負笈隻身遠赴芝加哥去留學，在蒼茫白雪中度過不知多少寒暑，心中不免忐忑；而做這個決定是因為在宜蘭草湖的玉尊宮抽了個天公籤，說去異鄉北地是「蘇武還鄉」。比起同儕，你確實出國讀書慢了許多，像一個流浪的人在知識與土地情感間徘徊許久。大學在杜鵑花城讀過森林、經濟系，碩士轉讀社會學。而一方面，你身為黃埔軍校二十三期國民革命軍之子，父親留給你的血脈裡和秋海棠的龍盤虎踞、大江南北有不可切割的情感；另一方面，來自高雄橋頭鄉白樹村的母親從子宮傳遞給你的是操著閩南語的南國生命。校園民歌世代的你，卻從戒嚴到解嚴過程萌芽出無比的台灣意識。記得那時整理行囊，你被塞入一首江蕙〈無言花〉，帶著幾首歌的鄉愁就這樣去讀書、去旅行。「靜靜的無言花，離開之後才思念，不知何時天才會亮。」那年你抵達芝加哥是有史以來最酷熱的天候，《芝加哥論壇報》報載熱死了六百個老人，你揮汗如雨地忐忑安頓下來，看著明亮的落地窗，窗外楓樹飄移，風吹落青青葉片幾許，幾個金髮碧眼的老外走過，你就一個人站在偌大二樓磚房內，確定到了異邦。一種離鄉背井的困局讓人失去理性判斷的能力，你知道你飢渴需要的是音符、旋律和歌聲，你需要的是來自故鄉的語言和感情。於是什麼都沒拆開，你迫不及待地組裝電腦，打開CD匣，聆聽〈無言花〉。反反覆覆就這樣你從南拉佛林街走到東哈里遜街來往數個寒暑，楓紅花開、翅果飛翔，乘著歌聲的翅膀你在靄靄白雪下旋轉、旋轉，遭遇生命中的第一場雪。說「你是否有聽見花聲若落土，破碎是誰的心肝。」心肝若要破碎就請心無旁鶩忍耐狠讀書。那畢業前最後一個春天，你照慣例晨跑聽著隨身聽、聽著江蕙，經過那個在學校旁蹲了四年整理花園，從不跟你說話的義大利老婦人，忽然開口笑著對你說：「It seems gardening season is coming.」你豁然開朗地重新感受了〈無言花〉，原來歸鄉的日子要到了。「蘇武牧羊」的日子要結束了。花落無言埋葬了它總要獲得新生，似乎種花的季節已經來臨。你的島嶼正在呼喚你，而那些過往的心痛，如你所住的愛絮蘭街角希臘東正教教堂，燈火通明，雨雪其霏。暗夜行路的昏鴉，迴旋、迴旋爾後低頭，願塵歸塵，土歸土，你生命中的第一場雪。

二

這樣喜歡聽江蕙的歌，是必須接上台灣地氣才能成為真實的感受，是一個人站在曠野裡靜靜以心聆聽得到的感動。她的歌裡的鄉愁，彷彿由鄰家女孩輕輕柔柔只對你一個人唱出，和你的個人生命成長同步的變化，當一切關於集體的、推翻體制的奮鬥都沉澱之後。和每一個五年級生的台灣人一樣，你在戒嚴的八〇年代都在說台語罰五元、歌頌黨國意識的國語歌曲裡度過；但是，因為你在杜鵑花城裡，參與現代詩社、大學新聞社和學生運動，而產生了變化。在活動中心238室，常常幾個號稱左派、帶著虛無主義的年輕人相聚聽起了音樂：祕密流傳的是抗戰時期的《黃河大合唱》、《梁山伯與祝英台》協奏曲，為那未曾謀面的祖國流淚不已；有時也聽聽李雙澤的〈少年中國〉、〈美麗島〉，校園民歌澎湃流傳的源頭；或者聽帶著搖滾、饒舌風黑名單工作室的《抓狂歌》。從國語走到台語，從帶著一種虛幻的文化中國懷想到正視一個沒有自由的台灣是怎麼回事，於是決心走上街頭去抵抗。在那個戒嚴前後的時代是「多音」的，認同也是「多元」的。一個像你這樣台灣南部北上讀書的人，呆呆地遇見這樣的「大時代」也算是命運使然。那原本被父親、被黨國意識包紮的密不通風的國語中心主義的歌，終於瓦解。一次在法學院杭州南路的「龍門」餃子店喝酒，一個苦悶的同學忽然唱起〈酒後的心聲〉。這是你第一次聽見江蕙的歌，「最好醉死不用活，只有燒酒理解我，我沒醉，我沒醉。」醉是你手中永不離棄的酒神戴奧里索斯。九〇年代初的台北城流行著卡拉OK店到處是江蕙這首熱門點播歌。我們這些虛無主義的左派青年，就這樣慢慢融化在時間之流的音符裡。帶著這歌的鄉愁去當兵、去失戀、去留學、去工作、去下半輩子裡旅行。

三

而關於江蕙這個你的「同代人」，除了歌聲和你幾乎沒有交集的當代台灣代表性的歌手，你對於她的價值的認識並非通過她本身，而是通過紀露霞。紀露霞，一個你從芝加哥留學歸國後，在外雙溪畔大學任教時因研究而發掘的五〇年代台灣歌謠「寶島歌后」。從大學到芝加哥，江蕙的歌是虛無青年到漂泊異鄉的鄉愁聲響，是生命旅途裡的神清智明的依靠。但是，單靠感性的感覺判斷不足以成就一個或許連自己都不知道的時代意義，還要理性的學術分析。紀露霞和江蕙，自己都不知道。但江蕙至少通過她的母親知道紀露霞的價值。二〇一二年，你幫紀露霞在台北中山堂辦了她演唱生命史裡第一場演唱會時，江蕙一早就送了花籃，並且透過臉書說，「獻給我母親眼裡最偉大的寶島歌后紀露霞。」而遇見紀露霞是在〇六年的一個酷熱的午後，你在原本美滿的庭院黃蟬老枝花下，隔著遮陽板搬出一台老式收音機，暴雨中轉到地下電台FM96.3，傳來沒有廣告不間斷的歌聲，都是台南亞洲唱片行原音重灌的、台語的美妙流行歌曲。後來才知道，其中你最喜歡的一首歌，就是紀露霞唱的思念故鄉母親的都市流行曲〈黃昏嶺〉。這個如同你在杭州南路「龍門」餃子店偶然聽見江蕙的〈酒後的心聲〉一樣，是一種命中註定的天啟。紀露霞與江蕙，對你而言，有如凍土中的琥珀，被從你母親子宮傳遞給你的台灣意識所喚醒。發掘紀露霞你花了十年的時間，讓她的名字從五〇、六〇年代像隻鳳凰昇起，讓一段被黨國意識刻意掩蓋，選擇性遺忘的台灣歌謠作為時代盛行曲的光陰重新被彩裝記憶。紀露霞因此被連接上七〇、八〇年代的鳳飛飛到今天的江蕙，這是被邊緣化、地下化與夜市化的台語歌謠一脈相傳的救贖。你這時作為一名大學教授，又隻身到了學術研究的無人之境，望著窗外台灣五葉楓和九重葛，和江蕙的〈落雨聲〉，就這樣伴著你不知道如何向阿母說明的思念。「故鄉的山永遠這在那裡，我的心情只能說給那山聽。世間有給阿母疼惜的孩子最好命，」你這老么。你現在也只能看著不斷出入加護病房的母親，南北奔波，守候。守候著〈落雨聲〉裡屬於家庭的價值，那不變操勞辛勤的愛與如細長無紋河流的生命。即使如此，到目前為止，每次的歸鄉都是一趟幸福的旅行。聽著紀露霞〈黃昏嶺〉、江蕙〈落雨聲〉就足以讓你有勇氣跨越濁水溪、嘉南平原到高雄，即使病榻握著阿母的手，看著母親病榻上還放著幫她與紀露霞的合照，阿母有時開心聽著她喜歡的這兩首歌，有一點力氣時的眼神交會，就是永恆。你知道，阿母有一天會安靜帶著這些台灣歌謠的歌聲，安心去另一個宇宙旅行。

四

這時傳遍全台灣的一個流行歌壇最大的消息，就是江蕙即將因暈眩症在今年封嗓退出歌壇。可以想見，她的所有演唱會門票都被秒殺，還引發南北各地因為搶不到票險引發暴動。你帶著錯綜複雜的心情讀著這則新聞。盛暑的七月中，你正忙著策劃與參與一個破天荒的流行音樂學術事件：將在日本名古屋大學舉辦「台灣流行歌謠——與日本、中國的文化交錯」，以紀露霞為貴賓和討論中心，是台灣流行歌在東亞的第一次國際學術高度的研討會。把這兩件事放在一起，你心裡哼著是江蕙的〈藝界人生〉：「舞台上燈光閃閃爍爍，有些人欣賞我的歌藝，下台後只是平凡的女性。舞台上粲然笑容，舞台下寂寞心情。不願別人看見我辛酸的滋味。」紀露霞與江蕙，台灣歌謠的兩大歌后，都經歷過〈藝界人生〉裡的浮沉。一九六〇年，紀露霞在她演唱生命史的最顛峰時期急流勇退，嫁給外省空軍飛官退出歌壇，到嘉義過著相夫教子的日子，當時紀露霞也不過二十四歲。而獲獎無數我們這個時代的歌聲代表江蕙，也誕生於南國的嘉義，從小為家計在台北北投唱那卡西到獲得金曲獎最佳女演唱人迄今，也唱了超過幾十個年頭。江蕙退下來時，卻是孓然一身，可謂一生的最精彩的時期都獻給了台語歌。你作為一個歌迷，從情感面和所有台灣人一樣，都捨不得這樣渾然天成的嗓音從此消失；但作為一個學者，你知道，當這次名古屋的台灣流行歌謠會議之後，理性分析江蕙以及我們這個時代的音樂作為一種感覺結構的時機已經來臨。你知道，不是解嚴、不是學生運動、不是全球化、也不是經濟復甦讓我們恢復了自信；而是某些更為無形的東西，在我們生命史中扮演著更為重要的角色，譬如一首歌。如你因為江蕙的告別歌壇而觸動的這些回憶，這些在你生命的吉光片羽所閃爍的聆聽經驗，以及裡面許多屬於個人靈光般的對話，與歌聲裡的形象產生了共鳴。我們終有一天會了解：就像紀露霞一樣，江蕙的站在舞台，不只是一個台前光彩、台後平凡的女性。站在舞台她的嗓子一開，歌聲就象徵了一個時代，台灣曾經走過的，和我們每一個當代人共鳴的記憶，我們也將帶著江蕙的歌聲，「天亮的之後我就離開，」一起「遠走高飛」，一起去旅行。

原載二〇一五年七月三十日《中國時報》人間副刊

再見長城

劉大任

台大哲學系畢業，早期參與台灣的新文學運動。一九六六年赴美就讀加州大學柏克萊分校政治研究所，一九六九年獲碩士學位並通過博士班資格考試。一九七一年因投入保釣運動，放棄博士學位。一九七二年入聯合國祕書處工作，一九九九年退休，現專事寫作。著作包括小說《晚風細雨》、《殘照》、《羊齒》、《浮沉》、《浮遊群落》、《遠方有風雷》、《枯山水》等，運動文學《強悍而美麗》、《果嶺春秋》等，園林寫作《園林內外》以及散文和評論《紐約眼》、《空望》、《冬之物語》、《月印萬川》、《晚晴》、《憂樂》、《閱世如看花》、《無夢時代》、《我的中國》、《赤道歸來》等。

有一個世界，我必須進入。有一個世界，怎麼都進入不了。這是我的宿命，我知道。然而，我也知道，只要還有一口氣，便不可能不嘗試。

踏上中國土地的一刻，宿命開始顯露。

第一次，感覺最強烈，根本無從面對。

那還是文革末期，我參加了一個海外保釣運動的訪問團，回到那時大家還不太習慣稱呼的「祖國」。

第一天晚上，在那時不過是個農漁小鎮的深圳。訪問團，包括我們一家四口，給安排住在華僑飯店。

晚飯後，黃昏時分，晶兒、磊兒和四、五個同團來的小朋友，在飯店前面的院落裡玩，發現一大叢毛竹。磊兒帶頭，一群毛孩子跟著，悄手悄腳，摸進黑黢黢的竹林探險。忽然驚叫，孩子們爭先恐後跑了出來，臉色大變，嘴裡叫：狼來了，狼來了！

跟著孩子們的屁股，也有點張皇失措，搖搖擺擺，跑出來一隻紅冠花羽的大公雞！

那一刻，我並未感覺「祖國」的遙遠，但馬上意識到，「祖國」和我們之間，可能有些文化差距，不易跨越。美國生長的孩子們，幾乎從來看不到活雞，雞的形象，在他們的腦子裡，都是超市雪櫃裡剝光了毛的食物。

這個意識，三天後，在廣州珠江大橋邊，又似乎有點沖淡。沿江步道的欄柱後面，各有一條人龍，有的四、五對，有的七、八對，情侶們極有耐心，輪換等待圍著欄柱望江、賞月和瀏覽夜都會燈火的談情說愛機會，雖然那燈火的亮度，連對方的臉都照不清楚。跟高山海濱窩在汽車裡的情侶一樣，「祖國」的人，還是人嘛。

七天後，到了上海，又發生一次震盪。

保釣團接受招待，參觀社會主義文化新生事物。據介紹，少年宮是個課餘休閒學習的優越機制，不但全部免費，而且，積極避免了孩子們放學後遊蕩、浪費和學壞的可能。

我走進一個房間，看見兩個孩子面對面，隔圍棋盤坐著。可是，他們的擺子方式，完全看不明白，既非圍棋，也不是五子棋，於是問：你們下什麼棋呀？

兩個孩子異口同聲回答：圍棋！

這就奇怪了，圍棋基本常識，金角銀邊爛肚皮，哪有這樣下棋的呢？

我於是明白，原來是臨時找來演戲的。孩子們無辜，大抵是接待單位奉命布置的吧。

那一趟回歸，在「祖國」一個多月，當時開放的十二個城市，跑了一大半，印象最深的「震盪」，發生在桂林。保釣團坐在大巴裡，我恰巧靠窗，對面一部無篷大卡車，一車子紅領巾，從橋的那一面對馳過來，跟我們車擦肩而過。

「操你媽華僑！」

接著一口痰，打在我臉上。

回美國後，我不願跟人談，但不免自覺，心裡有點什麼，慢慢發酵。承認貧窮落後不難，承認文化差距不難，要因此而斷念，難上加難。若干年後，鼓足勇氣，又回歸一次。

這一次面對的，不再是「階級鬥爭為綱，綱舉目張」，主題換成「為改革開放保駕護航」。碰見的所有人，從陪同到黨書記，都問我要「信息」，特別是「美國的商業信息」。我一個美國大學教授中國歷史的，能提供什麼商業信息呢？當然啦，沒有別人的場合，「信息」內容就變成「你一個月工資多少？」

這以後，又回歸了不少次，有的是純旅遊，有的也趁開會或專業交流項目，設法多待些時間，安排參觀或蹲點。然而，每次回歸之後檢討，發現自己在中國的經驗，基本好像有個發展方向：那地方越熟，越覺無法融入。

也曾反躬自省：中國就是中國，不可能因你而改變。該改變的，應該是自己。

生活習慣不難，出國前的台灣，落後程度不相上下，這不是問題。

文化差距也不難，當年去美國，差距更大。

價值觀更不難，保釣前後，多少年，所謂的海外左派，問題不是不左，而是過左。我雖然不算正宗左，至少知道他們怎麼想，也不覺得不能接受。

那麼，自己該改變的，究竟是什麼呢？

始終想不清楚。

然後是六四天安門事件，回歸的意願，逐漸淡薄。

大概是十年前左右，也就是接近自己必須退休那時候，「回與不回」，又開始抬頭了。兩、三年前吧，覺得時不我與，非嚴肅面對不可。這一次的勢頭，彷彿比以前任何時候都更濃烈，終於成了魔障，整個人格接受考驗。

唯一的負面思考是：那些以前一副反共嘴臉的人物，包括國民黨和台獨，都一個接著一個，紛紛跑去那邊接受招待、大談和平雙贏了。能跟這些人沆瀣一氣、混為一談嗎？

為了保持自己乾淨，我請恩師設法給我安排：不要任何報酬，也不要那些兼辦統戰任務的名校，純粹義務講學。

我要給自己留下一條路：合則留，不合則去。私底下，我為自己打算，必須花一段時間體驗，能不能長期留下？能不能踏實融入？必須心裡透明，是不是真正找到自己安身立命的地方？

恩師勉為其難，但也指出：人家有人家的制度，「純義務」反而不好安排呢，你自己決定，多餘收入捐出去，也未嘗不可！

教書的日子過得飛快，業務、環境還沒有完全熟悉，一年過去了。

這一年時間裡，基本過得還算安定，雖然心情不免起伏。

跟學生之間，表面關係不錯，但總感覺，他們對待我，好像永遠撇不開那種「外來和尚」的眼光，我知道，我的介紹信，是他們出國留學的護身符，學生求教，是不是暗含期待呢？始終遺憾的是，極力尋找的那種純師生之情，好像無法產生，為什麼不能像我跟恩師那樣，心靈與理想，交流無礙呢？

同事之間，也不能說有什麼過不去的地方。當然，紅眼病是免不了的，我的出現，對相干的一些人，多少有點威脅。不過，表面都還能維持和諧，只是，背後老是有些關於我的謠言：美國淘汰的啦，台灣關係曖昧啦，諸如此類。

教學節假日，也曾跑過一些地方。當然，這麼些年來，知名的風景名勝區，早就跑遍，重遊興趣不高，所以專撿冷門。印象最深的是河南偃師二里頭，還是通過校方和系裡的介紹安排才得以一窺堂奧。

心裡一直有個問題：中國的文明起源，為什麼發生在中原？二里頭附近跑一趟，就明白了。

地處洛陽盆地東部，北依邙山，南望嵩岳，古代的伊河與洛河，未到二里頭便已匯流，位於北岸高地的二里頭，既有水草豐美的營養，很早便形成了先民休養生息的聚落。根據一些學者的研究，古洛陽盆地，恰為新石器時代兩大文化板塊的碰撞地帶，早期的粟農作和水稻農作，也在此並行。這一切，都為中國最早的王朝形制，鋪墊了條件。

四千年前的二里頭，聚落面積就超過一百萬平方米，到了第二期，發展到三百萬，其宮殿區占地十二萬平方米，並有四條縱橫交錯的通衢大道，手工業、鑄銅和綠松石等作坊。宮殿建設的中軸規劃，跟北京的故宮，如出一轍。四千年的文明相續基因，若隱若現。

如果二里頭是根是源，看完後，心裡踏實：做個中國人，是可以自豪的。

這次回歸，還有個愉快的意外，在我執教的M大，巧遇失聯多年的老同學，綽號魚頭的老于。那天，事有湊巧，我包飯的那家小館子，老闆家有急事，臨時關門，只得上學校食堂打飯。跟幾十年前的印象相比，就是當街碰到，也不敢相認，他的樣子變太多了。學校又大，學生上萬，教職員成百，他又改名換姓。

然而，一度可以稱為至交的魚頭，有個特點，很難不記得。他脖子上，有塊赤砂痣，不大不小，形狀像條魚。

中學最後兩年，我們經常在一道混。兩人有個共同嗜好，都愛看雜書，後來因為彼此興趣發展相異，他進物理系之後，漸漸疏遠了。我到美國的時候，聽說他已經拿到學位，卻神祕失蹤了。

食堂巧遇後，我們經常接觸，慢慢談開了，也終於明白他當年的失蹤之謎，和他幾十年來的坎坷遭遇。

有一天，同遊碣石，忽有所感，不覺想起曹操的〈觀滄海〉。

『日月之行，若出其中；星漢燦爛，若出其裡。』寫海洋的詩句，氣魄之大，無出其右！」我說。

魚頭笑了笑，說：「可惜曹操不懂，他的日月星漢，跟整個宇宙相比，也只是滄海一粟。」

我於是問了他一個老是無法開口的問題。

「回來這麼多年了，後悔嗎？」

魚頭在岸邊一塊巨石邊，找了個望天看海的角度，坐了下來。然後，拍拍石面，示意我坐下。

「我早就看出來，你心裡不免掙扎吧？想回來，又放心不下。想回去，又不太甘心，是不是？」

「你難道從來沒有後悔過嗎？我不相信，文革期間，不是給當做外國間諜，鬥得死去活來嗎？」

「這些過節，不是什麼大問題，最難搞通的，不是這些。」

「還有比這個更冤枉的嗎？死生之間的事！」

他沉默良久。

我只能望著他。

「跟你明說了吧。你如果真想回來，就要有個心理準備。他們可能一輩子都不會接納你。你可能永遠是個外人。做不到這個，那就趁早死心！」

長城是去過的，每次回來，總要找個機會，上去張望一下。這一次，更覺得，不去不行。兩千年的歷史風煙，游牧文明與農耕文明之間你死我活的鬥爭，冷兵器的肉搏厮殺，烽火金甲悲笳，馬鳴風蕭刁斗，「校尉羽書飛瀚海，單于獵火照狼山」，登上長城，所有這一切，立刻蜂擁而來。

只有一次，恰逢十一國慶，八達嶺上，循山勢起伏，透迤盤踞的古城牆，全部插滿紅旗。歷史風煙，無從呼喚，眼前剩下的，成了現代休閒度假區凌霄飛車、木馬轉盤一類的遊樂設施。

這天還好，既非節假日，遊人不多，天空又意外晴朗。

出門快兩年了，勞動量大減，體力大不如前，幸虧有些老本，雖不免喘氣流汗，總算爬上去了。

但不知何故，站在最高處，向北望，看見的，竟是自己。
向南望，看見的，還是自己。
一瞬間，歷史被膨脹的自己排除，彷彿從來沒有過的一般。
記不清楚是怎麼下來的，也記不清如何回的宿舍。
只記得，那天夜裡，做了個好久不做的夢。
歡歡站在講台上，面對台下幾百雙殷切期待的眼睛，突然忘了講稿，滿臉張皇失措的表情。
一身冷汗，從夢境裡醒了過來。

原載二〇一五年二月一日《聯合報》副刊

秋刀魚之味

田威寧

一九七九年生，政大中文所碩士，碩士論文為《臺灣張愛玲現象中文化場域的互動》，目前為北一女中國文教師。

回家途中經過頗富盛名的平價日式料理店——總大排超長龍，導致我百過其門而不入。但，這次我竟然停好車，走了進去。「需要等嗎？」「一個人？併桌，不用等。」我拿著菜單，對上百種品項相看兩無言。兩分鐘後，我點了烤秋刀魚。只有烤秋刀魚。

九點多了，人們在此宣洩整日的疲倦，桌桌都扯著喉嚨，而桌桌因此只能更扯著喉嚨。白色泛黃且帶著醬漬的兩人座桌面上擺著草綠色的小碗、湯匙與透明袋裝免洗筷。我還沒看完一篇短篇小說，烤秋刀魚便上桌了。在拿起筷子前，我稍稍猶豫了，夾了一口嚐味道後，還是愣了一下。

我不該點烤秋刀魚的。

第一次吃秋刀魚是在十三歲那年。那年家裡發生狀況，我突然輟學，跟著父親與姊姊到台北賣小吃，維持最基本的開銷。那年遇見的人，和之前與之後的人生所遇見的極不一樣。我記得那家海產店，也記得海產店的那兩對夫妻。

我們的攤位對面是兼賣燒烤與酒品飲料的海產店——雖說是海產店，然而店的頂部與前後左右皆由黃橘色帆布圍成，因此說是「海產攤」更符合實際。

廚師是整家店的靈魂——一位頂著山本頭、蓄著八字鬍的高大男人，無論冷熱晴雨皆穿白色露臂汗衫，小麥色手臂上的龍紋刺青令大人和小孩皆忍不住用最不經意的方式多看一眼，偶爾披件花襯衫在肩頭，鐵灰色西裝褲下是永遠的藍白拖。廚師走路有點外八，但看來再自然不過。當他直直看人時，會令人瞬間想幫他點菸。廚師乍看不修邊幅，但長期觀察便會發現頭髮與鬍子皆經過細心修整，多一釐則太長，少一釐則太短。他總是拿著厚重的黑鐵鍋子與不鏽鋼大圓勺，在我的夢裡卻總被換成盾牌與槍。海產攤門口有個大冰櫃，冰櫃透明的上層擺滿各種魚和蝦，也有螃蟹、鳳螺與被剝了皮的田雞，都被放在一條潔淨的大白巾上，巾下鋪著方方的冰磚。站在冰櫃前，總是拿著黃色菜單與白管原子筆，笑咪咪地介紹海鮮食材與料理方法，長得像日本人的白皙女子，是廚師的妻子。當我知道他們是夫妻時，極失禮地「ㄏㄚˊ」了好大一聲，立刻被父親用眼神責備了——即使父親的嘴角有明顯的笑意。

我們一家在周遭的同行間小有名氣，不過，並非因為食物，而是身分。為避人耳目，我們改用奶奶的姓，各自取了自以為最順口最常見的名字。父親也刻意換了不曾有過的裝扮。我們以為我們活得不引人注意，有一天，海產攤廚師的妻子問我：「你叫威威還是如如？」「你們是姓陳還是姓田？」語出突然，讓我當場愣住，面紅耳赤地拚命想該怎麼回答，卻什麼也說不出來。如今回想起那一幕，我終於了解難怪人家起疑心——我們雖然在自我介紹時用的是假名，但彼此呼喚時卻不假思索地用本來的稱呼。高大帥氣的父親也太引人注意了——即使沒有近視的他刻意戴黑色粗框眼鏡遮住半張臉，還穿軍用衣與軍用靴，動作與說話方式卻仍太斯文有禮了。而且，別的不說，兩個青春期的女孩沒有上學，在九年國民義務教育下，我的年齡就是最大的破綻。「這家人有問題。」附近同行茶餘飯後的話題，卻只有廚師妻當面問我，而且，當然只能是問我——即使什麼都沒說，但我的沉默與慌張已經什麼都說了。

隔天，廚師妻對我招招手，要我和姊姊去店裡，她特別烤了一條秋刀魚，還倒了兩杯有三分之一都是綿密白泡泡的生啤酒。我明白那是她道歉的方式。那條秋刀魚無論在熟度或軟硬都烤得恰到好處，海鹽抹得多一粒則太鹹，少一粒則太淡，秋刀魚靜靜地躺在長方形白塑膠盤上，無論是身體的褐色或背上的黑色都呈現亮眼的光澤，腹部尤其肥美，油油亮亮的，筷子一戳下去，發出微微的「喀滋」聲。「秋刀魚都是我一條條親手從市場挑回來的，我只把最好的選走。」邊說邊為我們擠上新鮮的檸檬汁。魚腸的部分有微微的苦味，生啤酒也是，她說：「那是大人的味道。」在失去一切的那年，能吃到這樣看似簡單卻相當用心的鹽烤秋刀魚，令人反覆回味。那條秋刀魚成本十元，在菜單上則是四十元。但對當年的我而言：無價。後來，廚師妻常自掏腰包招待我們姊妹吃烤秋刀魚，她總是倒兩杯有綿密泡泡的生啤酒給我們，要我們吃慢一點，然後頗有興味地看著我們。秋刀魚總是被吃到像漫畫裡被貓吃過的魚一樣，只剩一副架子。有一回，我們過去時，桌上放著的是一盤散發味噌香氣的魚片。她說：「寫錯菜單，多烤了這個，你們吃吃看，這是味噌魚。我自己不太喜歡，太甜了。」我知道這魚在菜單上要一百元。她一樣為我們擠上新鮮檸檬汁，並且倒了兩杯芭樂汁過來。但她只請我們吃過那一次，之後還是新鮮肥美淋上現擠檸檬汁的秋刀魚。

廚師妻當時應該是三十幾歲，廚師可能超過四十歲了，兩人沒有孩子，至少我從未看到，也沒聽他們提過。廚師妻帶我們姊妹去她家玩——在海產店步行約十分鐘的老舊矮房子裡，相當隱密，沒人帶很難找到。應是賃居處，客廳很小，有小小舊舊的黑色塑膠皮沙發、小小的鐵架木面方桌、兩把海產攤的橘紅色塑膠圓凳，還有一台舊型的黑色電視機，電視機旁有舊型的蘋果綠按鍵電話。茶几上擺著前夜未清理的茶具組、一本攤開的橫線筆記本，上頭滿滿的各種排列組合的數字，筆記本旁有本B5尺寸薄薄的書。那年的我實在是沒書可看，愛看書的我竟興奮地拿起那本書逕自翻了起來，在女主人還來不及阻止我之前，我已經看到裡頭的裸體特寫與描寫性行為的文字了。不識相的我竟然問女主人：「為什麼要買這本書呢？」對方回：「這是大人的書啊！」連一秒的遲疑也沒有。

我們是在超過兩週看到海產攤老闆親自掌廚、老闆娘站在冰櫃前既不流利也不專業地介紹食材後，才發覺不對勁。一問，才知道廚師被解雇了，官方理由是廚師要求加薪，老闆決定乾脆自己來。「啊反正都看那麼久了，差不多就是那樣了。」周遭的同行開始流傳關於廚師夫妻的耳語，我一句都不願意相信。

廚師夫妻沒有向我說再見就消失了。我再也沒有見過他們。

我們和海產攤老闆夫妻一家也成了朋友，海產攤老闆夫婦有個幼稚園大班，大圓眼睛、深酒窩、鬼點子一堆的漂亮女兒，和快兩歲還不會講話、鬥雞眼、憨厚、慢吞吞的小男孩。我和姊姊常成為小保母，陪著兩個小孩在他們家玩遊戲與看電視。不過，老闆夫婦從未請我們吃過任何東西，我們買炒麵時也沒有任何折扣。

沒有大廚的海產攤，生意大不如前，較高級的食材乏人問津，生魚片和各種海鮮越來越不新鮮，而食材越不新鮮，就越沒人會點，如此陷入惡性循環。我注意到連本來經濟實惠「要吃請早」的鹽烤秋刀魚都很少人點了，因為老闆娘不會挑秋刀魚與檸檬——她買回來的魚眼睛不明亮，肚子不大，檸檬則皮厚汁少，烤出來的色澤也毫不誘人。少了廚師夫妻的海產攤，變成一家以炒麵炒飯與醃蛤仔、醃鳳螺等小菜為主的小吃店。少了海鮮與燒烤，生啤酒不好賣，後來連生啤酒都不叫了，只賣瓶裝台灣啤酒和綠洲芭樂汁與柳橙汁。

廚師夫妻消失之後，我就再也沒有吃過烤秋刀魚了。隔了廿多年，我下意識地為自己點了條烤秋刀魚；只是，滋味當然完全不復舊時的了。眼前的這條秋刀魚，乾癟，不油亮，苦味重，檸檬片切得相當隨便。我才夾了兩口，便放下筷子，起身盛免費提供的味噌湯。我不該點烤秋刀魚的。

踏出店門口時，突然下起雨，我在雨中騎單車回家——這次沒有猶豫，也沒有停留。雨總是這樣突然地下了，誰都有雨天沒帶傘的時候。而我也早已明白什麼叫做「大人的味道」。

原載二〇一五年四月三十日《聯合報》副刊

朱大哥生我的氣了

王正方

畢業於台灣大學電機工程系，赴美留學，於賓州大學（University of Pennsylvania）取得電機工程博士學位。歷任ＩＢＭ工程師、弗琴尼亞州 University of George Mason 工程副教授等職。中年轉業，在美國從事獨立電影製作，曾任：演員、編劇、製片人、導演；執導劇情片電影有：《北京故事》、《第一次約會》等。

朱大哥和我聊天一向都是笑咪咪的，今天晚上他的表情嚴肅。他問：「你回台灣是怎麼申請的？」「去紐約市台灣代表處呀！住在美國東北部不都去那兒辦的嗎？」

朱大哥正吃著一只軟柿子，不去皮一口咬下去，滿嘴的柿子肉，然後嘟著嘴慢慢吐皮出來，不得閒說話，我遞過紙巾等著他擦好嘴巴。他接著問：「這個我知道，你是台灣警情治單位黑名單上的人物，辦簽證沒那麼容易，他們叫你進去談話了嗎？」

朱大哥對這些事當然最清楚，我一五一十的同他說。一天接到三次台灣來的電話，母親病重，再不回台灣恐怕會見不到她了。次日一早就到了紐約市的台灣代表處，填就表格，交上照片、費用、護照，然後坐在那兒枯等。

很久之後一位英挺的年輕人過來，帶我進了後面的辦公室。辦公室很寬敞，一張大辦公桌後面的牆上，掛了幅巨大蔣經國微笑玉照，桌旁矗立著一面青天白日旗。年輕人禮貌的問我申請回台的原因，老太太住哪家醫院，病情很嚴重嗎？他邊做筆記，然後起立點頭，請我稍候片刻，就進去了。又等了好一會兒，心中七上八下的，不孝子如我，萬一母親等不及我回去，那就是一輩子的愧疚！怪誰呢？自己做的決定，承當後果的人也就是我。一位中年官員拿著一份卷宗出來，年輕人隨在身後，介紹這位是×××少將處長，然後他退出去帶上門。

處長聲如洪鐘，他說：「我們對於這種人倫大事是很看重的，但是你的情況就比較特殊……」

情況特殊極了，在尼克森總統還沒訪問中國大陸之前，我就參加了「保釣零團」，自美國到香港，透過特別安排進入廣州、北京等地，在大陸參觀訪問整整兩個月。台灣報紙的頭版頭條寫著：五留美學生投匪為文化特務，赴匪區受訓……。名字一一列出，罪名大了，吊銷護照，當然都上了情治單位的黑名單。這是我頭一次申請入境台灣。

處長翻閱著那份卷宗，沒問我什麼，只不斷的在說明立場與政策。你母親住在榮總醫院？那是一流的醫院。最後他說，這次就以特別專案來處理，准我一次入境，可以停留兩週。我忙著點頭感謝，少將在我的美國護照上蓋印簽字。

朱大哥聽得仔細，手中還拿著半只柿子，他問：「那個處長叫什麼名字？」「忘了，我有他的名片，沒帶來。」「他講話是什麼口音？」「講蘇北話吧！他的屬下叫他少將。」「喔！」他好像知道我在說誰了：「你叫他少將，我當他是一根雞巴毛。」

從何說起，朱大哥幹嘛對此人意見這麼大？

我們兄弟長年居住國外，老哥有時還回台灣探望老人家，我因有案在身，二十多年根本不曾盡過孝道，母親的晚年多由朱大哥在照顧。這段因緣說來真的非常奇特。父親去世之後，媽媽覺得家裡多出一間房子空著也是空著，她登報出租，朱大哥是她的房客。這個房東房客的關係居然出奇的和睦，也令我們兄弟頗為詫異，因為老母在生活上的要求甚多，超級「龜毛」，一般人多數吃勿消*。朱大哥有耐心、愛心，擅長與老年人相處。親友都說：朱大哥既尊重又關懷我們老母，照顧的無微不至，孝順兒子恐怕都不及不上他。

有道是：父母在不遠遊。那個時代的情況特殊，大學畢業生在台灣連個工作都找不到，紛紛出國，長年在國外瞎忙著討生活，面對「孝親」二字，簡直惶恐到抬不起頭來。當然是老母前世修來的福報，在她的晚年生活中，出現了一位他方孝子。於今我們也在暗中慶幸、感恩。

好不容易突破了黑名單障礙，離開台灣後二十多年後方得回來。和朱大哥相處了許多天，因為時差嚴重，每晚同他談到深夜，覺得此人是位經歷不凡、知識廣博，背景特殊，肚子裡有故事的人。

十五歲家裡就給他討了兩房媳婦，日子過得挺美的。共產黨快來了，身為大地主之子，家裡安排他離開蘇北老家，帶著足夠的盤纏往南走，先躲一陣子，等共產黨離開局面安定了再回家。沒有料到這一走就是幾十年，再也沒回去過。

朱大哥一路跟著人潮到達香港邊境，走投無路，情勢緊急就在那時加入了組織。我問加入

* 「吃勿消」是江浙一帶人的慣用語，讀如：切乎效，意同「吃不消」。

的是什麼組織，他沒答腔。有任務在身，他們就得到掩護，可以隨時出入香港。去內地幹什麼？替國家做事情呀！打探情報、處理叛徒……忙得很，年紀輕身體棒也不怕累。朱大哥的第一次殺人經驗發生在新界邊防地帶，他們要趁著深夜返回新界，運氣不好撞上了巡邏的英國軍官，英國佬用手電筒照在一個兄弟的臉上，正待束手就擒的當兒，朱大哥躡手躡腳的摸到英國警官的身後，用麻繩套住英國警官的脖子，死命緊緊勒住，背對背的揹著那人往灌木叢中跑。「唉呀，那時候年紀輕沒有經驗哪！套他的麻繩太粗，費了好多工夫才解決掉。往後我們就只撿細麻繩來用。」

出任務的事講不完，聽得我興趣大極了，也對朱大哥肅然起敬，這是位出生入死，經歷過大小陣仗的漢子。

後來香港的局勢有變化，不能繼續留在那裡，組織就接他們到台灣來。後來都在哪兒服務？還不是聽從安排，替國家做點事情嘛！年紀也有一把了，能做什麼就做點什麼。現在沒事就研究做幾道小菜，揚州菜絕對是世界上最好吃的東西，但是做的入味不容易，你看最普通的揚州炒飯，台北市有哪家餐館及格的？都不道地，今天中午吃了我做的揚州炒飯是不是，味道就是不一樣！竅門在火候的掌握上面……。

這些年老母的口福不淺，朱大哥每日做精緻的揚州菜給她吃哩！老母喜歡打個小麻將，牌搭子不好找，因為老一輩的打十三張麻將，他們比賽做大牌，胡下來算番算胡算的轟轟烈烈；平胡、斷腰、姊妹花……雙龍抱柱，打牌的速度緩慢。最重要的是要吃一頓好的，朱大哥負責給老太太安排牌搭子，又出門去買新鮮魚蝦肉，做出一席揚州菜來，供老牌搭子們享用。

朱大哥同我們聊起當年在家裡當大少爺的風光事兒，言語間時常流露出他對老家，對他母親的強烈懷念之情。他父親只管居家納福，大小主意的都是他母親來拿，為兒子討來兩個媳婦，一個能幹一個貌美，可惜還沒來得及生個一男半女的，他就倉皇南下了。這些年自己的工作性質太敏感，他從來不與大陸親人聯繫，怕連累他們。

從他的敘述中感覺到，他母親與我們老母甚有相似之處；生活紀律化、是非分明、不善於表達感情、對兒子的要求高、兒子若令她失望，不會當面責罵，卻在暗中垂淚。或許是朱大哥對我們老母產生了「戀母移情」作用，所以能真心奉侍，日日承歡膝下起來！即便如此又有何不妥？老母晚年過的日子算挺滋潤的。

母親去過美國，曾經分別和我們兄弟住過一段時期。住在我那兒的時候，生活寂寞單調，我一早出門上班，回家來最早也是傍晚時分了。整日老太太一個人在家，週末有時找朋友來陪老母打麻將，但是我那批朋友的麻將水準一律很抱歉，高低手對招，高手會玩得痛苦，吃的那一頓就更不能提了。後來她堅決不肯住美國。

我老哥不在黑名單內，回台灣的次數多，他對朱大哥比較了解。好幾次他頗為肯定的認為，最初朱大哥成為母親的房客並非偶然，他是負有任務來的。「什麼任務？」「是衝著你來的呀！你那時候不是共匪的文化特務嗎？」

開玩笑，像我這樣的人最不適合做特務；長相特殊人家見過一次就會記得，胸無城府，肚子有點話就全盤說出來，體格普通；膽子不大，冒險犯難的事不敢碰。保釣運動的保皇黨討厭我，嫌我說話太損，隨手給我扣上了文化特務的帽子。我沒那麼重要，這些人竟然把我當真，派人去老母那兒臥底？

「你真的沒有個屁重要，但是那個年月國共隔閡太久，」老哥分析：「誰也不清楚對方在做什麼，你們是第一批從美國潛赴大陸的台灣留學生，在大陸待了兩個月，見過什麼人，談了什麼事，留給別人的揣測空間太大。我要是台灣特務頭子，也會派人來個專案處理。你又是個不孝順的兒子，根本不常給媽寫信，每封航空郵簡都是潦潦草草的沒有幾句話，報告的事是跟誰離婚了，又和誰結婚了，換了新工作，老母根本不曉得你搞些什麼名堂。」

「我看朱大哥的這項任務，並沒有完成得很好。」我下了這麼個結論。

後來大伙親如家人，朱大哥對他負有的任務也不隱瞞，反正他總要替國家做點事情嘛！朱大哥對我在美國的種種，卻知道得很清楚。他告訴過我一些連我自己都不知道的事。

有次晚餐畢，大家喝起小酒來，朱大哥說：「你在美國讀書的時候是不是認識一個姓洪的同學？」

「有哇！小洪讀機械系，比我晚一年，他經常和女朋友來我家打麻將混飯。我們還有個籃球隊，天天玩在一起，熟得很。」

「那個人真叫要不得，他同你那麼要好還拚命寫報告講你的壞話。」

「真的是小洪嗎？不會吧！」

「怎麼不是他，他打過來的報告落起來有這麼厚，我統統看過，多數就在講你，沒有一句好話。」朱大哥用手在膝蓋處比了一比。他媽的小洪居然給我來這一套！

三十年一轉眼就了無痕跡的過去了，長一輩的親人一一往生。

老哥發來一封伊媚兒，說最近整理書房，找到一封老母託他帶給我的信，因為他那陣子業務太忙，竟然把這事給忘記，現在找到了就以電腦掃描建檔，一同發過來。他還有壞消息，朱大哥最近因病去世。

朱大哥的年紀也不比我們大很多，身體看來挺健壯的，怎麼突然就走了。開始責怪自己這些年來總是慌慌亂亂的不知道在忙什麼，與眾親友一律疏於聯絡，尤其是朱大哥，他在母親最後的那段日子裡替我們盡了無微不至的孝道，欠下的這恩情永遠無法償還。後來這些年，我又沒有經常與他聯絡，做人怎麼可以如此的冷漠寡情。

母親託老哥帶給我的信是她去世前兩年寫的，密密麻麻寫了兩頁，字體一如過往，流暢剛勁有豪氣，文字一氣呵成。除了照例關心我的事業與婚姻生活之外，最重要的訊息是說，她有特殊管道可以為我辦妥回台灣探親，但是要絕對保密！不要直接在信上講這事，下次哥哥回來當面詳談。母親在「絕對保密」四個字旁邊還密密的畫上許多圈圈。

老母寫這封信時，身體還很健康，她一直都盼望我能早日回台灣相聚。我再三讀那封遲到三十年的信，突然明白是怎麼一回事了。母親所說的特殊管道就是朱大哥，朱大哥負責這項任務十多年，他已完全清楚，我這個「文化特務」沒做什麼屁事，後來就去拍自己的電影了。目睹母親如此念子心切，他願意運用關係促成我回台探親，同時也可以了結本案，上報業績。可是陰錯陽差，老哥竟然沒有將這封信帶到。

母親病重我急著去紐約代表處申請簽證，根本想不到應當通過朱大哥來辦這件事，也因為那時候我還沒見過他呢！結果那個雞巴毛少將接辦了我的案子，業績就讓人家白白撿去。搞成這樣的結果非常對不起朱大哥，怪不得那次朱大哥真的很生我的氣。

有一年我們一起去陽明山掃墓，山路崎嶇朱大哥爬坡就會發喘。每次他總要帶上許多冥錢在墓前燒著，這回他又在大把的燒起來，我說：「少燒一點吧！造成空氣汙染多不好。」「不行的，一定要多燒，」朱大哥說：「母親在那邊一定經常打麻將，又死愛做牌，要是幾圈不開胡她心情就不好，手氣變得更壞。你看我帶來好多錢，這邊還有美金，多燒點美金，就是輸了也不怕。來，燒美金燒美金。」

一下子濃煙瀰漫起來，墓碑在煙霧後面變的朦朧了。墓碑上刻有我們的名字，在墓碑右邊中下方部位，刻的是：義子朱××。

原載二〇一五年三月二十五日《聯合報》副刊

瑪莉兄弟

祁立峰

一九八一年生於台灣台北，現居住於台中，任職於國立中興大學中國文學系。曾著有散文集《偏安台北》、長篇小說《臺北逃亡地圖》。

早安，路奇。

從來沒想過會動筆寫這封信給你，不如讓我們從紅白機說起吧。

忘了什麼時候覺察，你對於時移瑣事有著過人的記憶力。像我六年級你二年級的某次朝會表揚，小學時學校發的餐巾顏色、或營養午餐輪替菜色，我們相差的年齡讓我們共同的國小時光如莖葉截面般透明，且那座中型國小裡人人都知道我倆是兄弟這事。

因此，我想你理當記得你我曾瘋狂成癮的那台紅白電動遊戲機，還有那套基本款的超級瑪莉一代。嚴格說來，在操縱、助跑和跳躍時間掌握，你其實比我更擅長(只是當年的我始終不願意承認)。眼睜睜看著你操縱、著綠色襯衫白色吊帶褲、分明是藍領階級裝扮的路奇在綠色水管間靈巧巧移動，縱身上下，這本身就讓人著迷。

不過你總會將第一出發順位的瑪莉歐這角色讓給我，自己使用路奇。遊戲設定內裡，路奇原本即是瑪莉歐的弟弟。某個作家敘述過她和妹妹的遊戲機時光，最後總在妹妹嚷喊「這把不算，重來」的耍賴中戛然而止，登登登登登、登，按下重來的暗紅鍵。印象中我倆不要這種無賴，遊戲是如此公平、流暢而細膩進行著，就像那段終將逝去、但瞇起眼卻還看到爿爿白光的鎏銀時光。

媽說小時候買零食你總會提醒「也買哥哥的」，在你自個解釋脈絡中，你說怕我跟你搶，唯出此下策。但我總想起瑪莉兄弟，記起他倆在遊戲中東西跳梁、在管道中逡巡，心機地競爭分數與公主，就又在關鍵時刻相互協助，分進合擊。

這或許真的是一則屬於兄弟的隱喻。

再過一陣子我倆先後都罹患了近視，紅白機遭到爸的盛怒沒收。

漫漫暑假，百無聊賴的我們竟又發現一種新玩法。那時家裡的第四台線路不曉如何錯榫了，我們家的電視轉到某個頻道，可以看到集合公寓裡另一家的超級瑪莉遊戲畫面。於是乎，大人外出繁忙的無盡白晝，我們扭開如色情解碼台似的，盯著那雜訊不清的黑白畫面看。

我想到的是某篇你或許沒讀過的文章——駱以軍的〈降生十二星座〉。故事裡主人公向來擅長操控「快打旋風」的春麗，直至某夜裡，陌生小男孩闖入他們的酒吧，投下五元鎳幣，選了原本專屬於他的春麗、還將之給擊敗。這時主角才恍然驚覺：原來春麗不只是為自己戰鬥。「時間在延長著，這不是最後一關了嗎？」

我倆的那暑假就在邊觀摩、邊評論著樓下電視裡的模擬遊戲中等閒度。說來真的太無聊了。宛如宮崎駿《螢火蟲之墓》裡那對大戰中離散失所的兄妹，最後住進了防空洞。在哥哥外出覓食的大半時光，妹妹來到溪邊，和自己水面的倒影玩起猜拳。

這場遊戲是何等巨大的孤獨啊？

路奇，不知道你是否有想過，或許樓下鄰居同樣是一對兄弟玩家，輪流操控遊戲桿嗎？

在我輾轉知你生病消息時，病況似乎已到了頗嚴重的程度。大人敘述極專業卻又含混的術語，解離症，官能症，恐慌症……大概精神疾病都非常類似又極其不同。感覺好像身而為人的正常感受：歡欣，愉悅，恐懼或悲傷那一類，隨時都可以成了一種病，只因為過度了，越界了，像被貼了狂嫖縱飲標籤之徒。

我們把感受過於敏銳，細膩而善感的另外一群人下定義，以醫學，以術語，用以區隔正常人。我們難道不記得了？所謂的正常來自於覺察自己的不正常。

那一陣子長期租賃外地的我，實際上看不出你有任何明確的症狀，但失眠、長期頭痛與異常的暴瘦都旁證了病歷表的潦草字母。「確診」，這另一個硬搞搞、凶虎虎的醫學術語，同樣讓人感受無比荒謬與荒涼。

偶爾回家我也只是進你房間，繼續倆兄弟的電玩遊戲，只是機台從紅白機換成了新一代又一代機型。在任天堂的賣座遊戲角色大亂鬥裡，即便有卡比、皮卡丘和庫巴等新一代的人氣角色能選，但我倆依舊扮演瑪莉兄弟，爭食香菇、發射火球，那大絕招施放一瞬，畫面燃起璀璨光爆，七彩畫素閃滅撩亂。

「你要多跟你弟弟說話，他現在都關在房間裡……」即便媽總是在返家時給我下達指令，但她怎會不知道我倆共通的時光，就只存在於火樹銀花的虛構屏幕裡罷了。

跳關，你說，直接跳最後一關——那是超級瑪莉遊戲裡特有的密技，水管工兄弟天啟般，得到從管線中冒出的藤蔓，簡直像童話《傑克與碗豆》般——他拾階而上到了雲端，一邊貪婪的撿拾起金幣，一方面往前展開捲軸，鑽進另一個未知的神祕水管，來到最後的最後。

公主就在那危顫顫斷橋的盡頭了，只差最後一招就能放倒魔龍庫巴。

跳關。只是人生到了某個過不去的關卡，豈是說跳就能跳得過去呢？

印象中你秉持阿宅本性，不甚愛旅行，所以我也很少和你分享旅行經歷，但絮叨叨的最末，我腦海如當時錯接的第四台般，想起了宮津車站月台的景象。

宮津是位於京都北部、靠近丹後半島的一座小型鄉城，三絕景之一的天橋立就在一站之隔。即便陽光燦爛，但列車軌道仍積滿了難以消融的白雪。只有兩條墨黑鐵軌不斷往遠方綿延、終而交織。即便那不是我初次見到雪，但日照下折射的透明世界，讓我想到那種雪球玩具。整個視野仿若靜止了，只消隨手一晃、就能再為我們下一場雪。

但是路奇，我們漫長的人生旅次不會像那枚雪球。那分明是保麗龍贗造的雪花。我們就只能蒙著頭，在沁涼的冷風中，在濕冷而易脆的雪地裡，這麼踽踽獨行下去——有時瑪莉歐或許能和路奇接關，但有時不行。沒有水管，沒有食人花，沒有一敲即碎的磚牆，也沒有滿是金幣或烏龜的下水道，破關的一瞬沒有人替我們施放焰火。

當然更重要的是——也不能跳關。

這些事你當然早就知道了，我寫下的同時大概也只是為了跟自己確認。約莫多買一份零食的、當時你的小小心機。

展信平安，路奇。

原載二〇一五年五月《明道文藝》第四五九期

陳秀珍

陳又津

台北三重人，專職寫作。台大戲劇碩士、美國佛蒙特藝術中心駐村作家、《印刻文學生活誌》封面人物，曾獲角川華文輕小說決選入圍、香港青年文學獎小說組冠軍、時報文學獎短篇小說首獎、國藝會長篇小說補助等。作品入選《九歌年度小說選》、台北國際書展華文出版與影視媒合平台，二〇一四年出版小說《少女忽必烈》，敘事節奏輕快，二〇一五年出版《準台北人》，探觸個人身世與族群境況。

網站：dali1986.wix.com/yuchinchen

如果用平常的速度，只要十三秒就可以穿越這個路口。

穿高跟鞋的女子加快腳步，但在安全島的時候，好像聽見有人叫她。

怎麼會有人叫她的舊名字呢，大概是以前的同學吧。

紅燈亮起。

沒有人跟她打招呼，她以為自己聽錯了，但旁邊賣車輪餅的男人叫女兒去洗水桶。

——秀珍，拿這去洗。

小女孩原本在做功課，聽到這句話，從摺疊桌旁站起來，接過沾滿奶油的鋁桶——那桶子儘管是空的，仍足足有她半個人高——小女孩高舉過肩，單手提著鋁桶，走到人造瀑布的裝置藝術旁，轉開基座下方的水龍頭，水嘩啦嘩啦地流出來，混雜奶油的水，緩緩流到安全島邊緣的杜鵑花叢。

要什麼？那父親問。

本來不打算吃的，只是卡在路中間等紅綠燈，被小販這麼一問，秀珍想起自己也還沒吃午餐，乾脆買兩個紅豆充數。

小販抽出紙袋，從壓克力板夾出已經做好的餅，秀珍說，她想要等烤好再拿。

因為餅就是要現做的才好吃啊。

十幾年前，秀珍的父親曾經在夜市賣餅。雙胞胎和麻花捲在檯面上排列整齊，等客人選好數量，下油鍋，熱騰騰地交到客人手中，換來的硬幣落入奶粉罐，哐啷一聲。

但找錢給客人的時候，剛剛才拿到的硬幣已經變油，因為裝錢的奶粉罐從來沒洗過，凹槽都積了一層厚厚的油垢。

現在沒人在吃這種食物了吧，但有時還是會在住宅區附近，看見街角打起五百萬大傘，有人用保麗龍箱裝著涼了的麻花來賣。

秀珍沒買過這些東西，因為母親總告誡她說這些食物不衛生。

那時父親還兼賣鹹光餅，那是一種圓形的餅，中間挖洞，跟培果差不多，上面灑滿了白芝麻，吃起來鹹鹹的。幫忙賣餅的阿伯說，這是明朝大將軍戚繼光發明的餅，你看中間有個洞可以用繩子串起來帶著當乾糧，跟倭寇打仗的時候就不用埋鍋做飯，炊煙也不會冒出來被敵軍發現，我們啊就可以一路大軍北上，收復河山……

不知道父親從哪裡學來這門手藝，也許這是福州人從小吃到大的東西，只要逢年過節神明生日，家裡就會揉麵做餅。也或許他本來不會做餅，是從軍之後跟老鄉學的，每次想起家鄉的時候，就可以自個兒桿麵，不只做給自己吃，也做給同鄉的人吃，吃著吃著就賣起來了。無論是哪一種，現在都沒得問了，父親過世之後，秀珍再也沒吃過鹹光餅。

老實說，鹹光餅並不好吃。

小學的時候，班上籌辦園遊會，有些同學提議賣綠豆冰、賣冬瓜茶、賣米粉，秀珍自告奮勇可以請家人帶餅來賣，反正家裡就有。那天父親騎著腳踏車，用大桶沙拉油的鐵桶裝，帶了兩桶麻花和一桶鹹光餅來，麻花賣完了，但鹹光餅卻沒賣幾個，還得打電話請父親載回去。

賣得的錢全都進了班費，連本錢都不知道該怎麼討，等於是捐出去了。父親沒說什麼，但母親為這件事唸了秀珍一頓。秀珍從那個時候開始知道——不要出鋒頭，別人家可以做的，我們家不見得適合。

雖然秀珍跟著父親從小賣餅，但「鹹光餅」這個稱呼，是她到了大學的時候才知道。跟朋友去吃壽喜燒，切成薄片的牛肉，表面浮著一層燦亮的油花。服務生介紹牛肉夾餅的吃法，那是秀珍人生中第二次看見這種餅，她立刻將這個名稱——光餅——牢牢記住，並仔細看著彩色夾頁中，關於光餅的介紹。

傳說光餅是日本皇室的指定貢品，切開搭配涮過的牛肉，再灑上些許蔥花，就成了東方最美味的漢堡……其實這些介紹都不重要，秀珍唯一覺得重要的是，原來這餅不是父親憑空想像的食物，它有個名字，不是父親怪腔怪調的「ㄍㄧㄥㄍㄨㄥㄅㄧㄚˋ」她一直以為是福州的家鄉話。

福州話雖然也是福建話，但和閩南語全不相似，屬於閩北系統。所以父親和同鄉講福州話的時候，秀珍連一句話都沒辦法聽懂，雖然父親為了做生意，還是在台灣學了些閩南話，但講起來總是怪腔怪調，跟福州話聽起來差不多。

不過，發明光餅的戚繼光是打倭寇著名的將軍，日本皇室怎麼也不可能拿這種食物來祭拜才對。

光餅，指的大概是光溜溜什麼都沒有的餅。這種又乾又澀的餅，若不是打仗大概沒人想吃。秀珍看看周遭吃壽喜燒的客人，桌上都擺著只咬了幾口的餅，裡面的牛肉已經夾出來吃掉。只有光餅被空空地擺在那裡。

父親從沒帶過鹹光餅回家，也沒看過他吃。母親殷殷交代秀珍千萬不要吃，如果肚子餓的話，就從奶粉罐裡面拿點零錢，自己去買點心。

因為鹹光餅送進烤箱的時候，父親會在麵團表面噴水，讓餅維持些許濕潤，但父親覺得噴水器的力氣不夠大，沒辦法噴到最後一排的餅，所以他會含兩三口水，一鼓作氣對著烤箱噴。

不知道有多少人吃過父親的口水？就算彼此有血緣關係，秀珍也覺得這種做法有些噁心。

不只是點心，就連用餐的時間和菜色，秀珍和父親也是截然分開的。母親煮的菜，父親嫌不夠鹹，因為他不管煮什麼都要放醬油，所以整桌菜都是黑色的，也不曉得重複熱了幾次。

小學一年級的時候，秀珍放學回家，母親不在，父親叫她坐下一起吃飯。她看著一大桌黑黑的菜，覺得全部都沾滿了父親的口水，自己吃了一定會生病死掉。當父親夾魚給她，秀珍勉強吃了兩口之後，就哭了出來。父親急忙安慰她說，不喜歡的話不吃也沒關係。

可是秀珍繼續吃，眼淚也沒有停，一直低頭吃碗裡的飯，因為只有飯是白的，看起來比較可靠，也因為這是她第一次和父親兩人一起吃飯，就算不好吃，也想做出好吃的樣子。

那時候她才知道，眼淚鹹鹹的很下飯，而且同一口飯嚼久了，還會有甜甜的滋味。

印象中，父親也不曾吃過麻花，但這卻是秀珍唯一喜歡的東西。

炸好的麻花，有時會因為碰撞或沒捏好而碎成一小段一小段的，賣相不佳，這時候父親就會留下來湊成一包給她，算是幫忙顧店的獎勵。

萬一那天破碎的麻花不夠多，父親會將一整個完好的麻花，放進塑膠袋裡捏碎給她，因為父親的假牙也咬不動一整支麻花。

從秀珍有記憶以來，父親已經是個老人了。

高血壓、頭髮稀疏、吐痰的時候發出很大的聲音、上完廁所不沖水、假牙泡在漱口杯裡、每天用一些來路不明的藥酒擦腳……父親身上常常發出一種混合了紅花油、髮油和藥酒的氣味。

他的耳朵也有些重聽，據說是在台北橋下，救了某位跳水自殺的女性，人是救起來了，但父親的耳朵也浸水壞了。每天晚上父親都要換掉吸了膿水的紗布，他總是用火柴棒將棉花和紗布一點一點地推進耳裡。其實那時已經有棉花棒和棉球，但他還是習慣用火柴棒和整包的脫脂棉花。

就跟很多老人一樣，父親常常進出醫院，因為長年的痛風，也有幾次是為了撿垃圾出了車禍。因為父親每天賣完餅，騎腳踏車回家總會經過幾個垃圾堆，這時他就會停下車，翻找看看有沒有可用的衣服或家具。所以家裡的客廳擺了三張桌子，陽台的瓦斯桶旁也端坐著撿來的各路神明。

總之，去醫院的次數多了，秀珍從幼稚園起就習慣帶著電玩去醫院，一關過一關，她只知道母親交代她要待在那裡，卻不知道是為了什麼。直到某次，父親的血液沿著管線逆流上升，她看著不知道該怎麼辦，按下緊急呼救鈴，才知道點滴漏完了要去找護士。

父親第一次中風的時候，大家都以為是痛風發作。

叫救護車、準備牙刷牙膏和換洗衣物，就像是旅行的打包，跟平常一樣。等到醫師要家屬簽手術同意書的時候，秀珍才發現，只有她是父親的直系血親，決定他生命的第一順位者。

原來父親在這個世界上，已經沒有其他的親族。

離家隔水半個世紀，他年少時父母許配的妻子，早已嫁作他人，兄弟也都不在人世。五十多歲時，娶了一個漂過南洋的印尼華僑，生下一個女兒。那就是她。

秀珍忽然明白父親一直是一個人活著，從不依靠別人。

這個家族，尚且沒有人埋在這塊土地。

那時她還是個小學生，第一次站在急診室前，親眼看到戴著手套的醫師和手術同意書。旁邊的人都很安靜，就像是月考的時候。

這種時候，應該不能寫錯字吧。

於是她以開學第一天拿到新課本的心情，慎重地寫下自己的名字。

父親中風之後，收掉賣餅的生意，到福建去投資。當時念國中的秀珍要填父親的職業欄時，從以前的「自由業」改成了「商」，但父親反而看起來比從前更自由了。沒有固定的上下班時間，還在老家買了一塊墓地。父親說，旁邊是他的哥哥，前面是他的爸爸媽媽，而他以後要埋在這個地方。——這時候的父親十分開心，指著一塊尚未刻上名字的墓碑。

就像很多台商的故事一樣，合夥生意的夥伴跑了，父親回到家裡，很少對這個世界發表意見或抱怨，只是多了一些時間看電視。

他早起看平劇，皮黃腔拉長的音調跟福州話一樣不可解。

以往能在店鋪收留的伙計，現在和秀珍一家人住在兩房一廳的公寓裡，顯得格格不入。雖然這些來來往往的光棍都不敢踰越界線，只求能在睡房打個地鋪，並不占據太多空間。吃飯的時候，也記得把碗洗淨，不把垃圾留在人家家裡。

他們很少說話，說話也跟蚊子一樣小小聲的，因為清楚自己在這個家裡沒有地位，但即便這樣，還是跟蚊子一樣討厭。

家裡每天都為了這些陌生人吵架。

向來沉默的父親說——我又不是沒有給你錢。

秀珍那時以為他說的是零用錢，好，不要就不要。

那時錢對她來說，只是存簿上的數字，沒有多大意義，但秀珍記得的是，小時候夜半起床，難得看到回家的父親，那時候他還是個生嫩的父親，不知道該怎麼跟孩子說話，只好拿出十塊錢給她。

因為硬幣被父親捏在手心太久了，年紀還小的女兒有些被燙到的感覺。

第一次拿到零用錢之後，她常常關心房門底下露出的光線。

猜測父親可能在那一頭看報紙，或掏挖耳朵的膿液。

那時候，她還不知道那是奶粉罐裡面髒髒的錢，還不懂得什麼是衛生。

但現在她知道父親和他的朋友老而且髒。

老人會死去，來家中借住的朋友漸漸消失，但榮民的就養津貼還是會來，直到那個人半年內沒有入境記錄。

那些和父親同樣沉默的朋友們，名字一個個從戶籍謄本上刪去了。

回家之後，固執的父親從街角繼續搬回更多的家具和舊衣，怎麼丟也丟不完，等到他第二次中風，再也搬不動了，家人才鬆了一口氣。

因為他連自己的身體都無法打理。

看見父親的白髮時，秀珍才驚覺父親真的是個老人了。

在父親中風以前，秀珍從來沒看過他的白髮，因為他總是在浴室裡擺上染髮劑和細細的尺梳，對著鏡子，一點一點，把髮根染黑。

參加喜宴的時候，父親也總是自己打領帶，不假手他人。

這樣一個在意儀容的男人，躺在安養院的床上時，旁邊的病人或年輕或年老，但都理成同樣的平頭，這時她才發現，父親已經滿頭銀髮，就連瞳孔也是澄澈的銀色。

他問現在幾點了。

母親說六點。

他又問是早上還是晚上。

回說是晚上。

他不再多說些什麼，安然地看著牆壁。他的房間沒有窗戶，床頭擺著一個從家裡帶來的時鐘。眼前這個枯瘦的老人，通常被稱為老兵。他確實從老家福建退守到夜市，從店鋪退守到家裡，最後撤退到自己的身體，但老兵這個名稱也許並不公允，因為他離開家鄉的時候，年紀不過二十出頭，可能比現在的秀珍還年輕一些。

只是當他想到要成為一個父親時，比其他人晚了二三十年。

他既不住在眷村，跟同袍一起追憶過往榮光，也沒有告訴他的孩子關於他的故事，他的父母、他的兄弟，還有他怎麼學會做餅。

他的心裡很可能還是那個剛離家的青年，記掛著鄰村那個一身潔白的少女，那個新婚卻無緣相守的妻子。

也很可能為了這個緣故，他替自己的女兒取名陳秀珍——一個明顯與她時代不合的名字。

當父親收集的雜物，一項一項被清出家門，缺洞的磨石子地板換成義大利磁磚，半脫落的壁紙也被撕了下來，牆壁重新粉刷。

三十年的老公寓逐漸變得現代。

他的女兒也改掉了名字。

因為那該是一個屬於歐巴桑的名字，而不是一個初出社會的新鮮人。

所有的「秀珍」，都有一張步入中年的臉。她們各是朋友的母親、過氣的女明星、做電子的女工、辦事的公務員、訓育組組長、醫院病患、拉保險的……

連張愛玲都說：「有這麼豐富的選擇範圍，而仍舊有人心甘情願地叫秀珍，叫子靜，似乎是不可原恕的了。」

更何況，她的人生才剛開始起步。

連算命師都不能干涉。

小販拿著錐子，沿著麵糊邊緣畫了一圈，然後將兩個圓形黏合。

老闆的臉還很年輕，比秀珍大不到十歲。

從前也沒看過他的印象，大概是最近才搬來做生意的吧。

小女孩已經把桶子洗乾淨了，回到她的座位。

她的名字真的叫做秀珍，因為作業簿封面寫得大大的，只不過她姓楊不姓陳。不知道她父親為什麼替女兒取這樣的名字。

她想問小販最近生意好不好、在這裡賣多久了、從哪裡來的，這些那些的問題，不過綠燈亮起，一群行人湧來，於是她不由得也往前走去，過路的人群帶走了曾經叫做秀珍的女子。

算了吧，沒有誰會永遠待在安全島上。

原載二〇一五年十一月二十六至二十七日《中國時報》人間副刊

蘇惠昭
業餘的賞鳥人，也拍攝野地植物。養六隻貓。數十年來以自由撰稿為業，文章散見各虛實媒體。依賴採訪人物，蒐集精彩生命故事並從中竊取智慧，滋養平凡平淡生活。

看見老鷹了嗎？

你看見老鷹了嗎？沈振中、梁皆得與《老鷹想飛》

正午，基隆港，海洋廣場，正常的狀態，每天這時間到四點，會有十幾二十隻黑鳶盤旋，直到黃昏。

黑鳶，俗稱老鷹，台灣人另外給牠們取了小名——來葉或厲葉。

當九月秋風吹起，來練習飛翔和覓食的老鷹更多了。老鷹很輕，一千四百公克，兩翼開展一百六十五公分，只需要一絲絲微風就可以飄在空中，看起來就像一片擺脫重力的葉子。

二〇一四年十月十六日，在攝鳥人拋食的狀態下，基隆港聚集了四十六隻老鷹飛翔，這是空前的紀錄，「一百隻眼睛都來不及看。」想到那天的盛況，一年三百六十五天有三百天守在基隆港看老鷹拍老鷹的「班長」還是興奮不已。

老鷹有時也捕捉躍出水面的豆仔魚。

基隆市野鳥協會推廣組長何水壽也經常到基隆港看老鷹，「全世界最容易近距離看到老鷹的港口城市就在這裡了。」他說話的時候一隻老鷹忽地從頭上掠過，衝進水域抓起了一塊生肉，然後在空中吞食。

港邊的大人小孩不約而同的驚呼，臉上綻放笑容。

有陽光的日子，近到可以看見老鷹的眼睛，開叉如魚尾的尾羽閃著金光，還有利爪如鉤。

在失去與自然聯繫的都市，港口的老鷹似乎帶來了療癒的力量。

但這代表老鷹的數量增加了嗎？

不然，二〇一四年秋冬的全台普查，台灣老鷹族群只剩下以台灣北部、嘉義和高屏地區為主的三大穩定族群約三百五十四隻。二〇一五年至今，台灣猛禽研究會「全台老鷹黃昏聚集區同步調查」計畫召集人林惠珊則記錄到四百二十六隻，其中以新北市翡翠水庫山區最多，記錄到九十七隻，屏東三地門山區九十二隻。

老鷹和草鴞是最接近人類的猛禽，屏科大野保系教授孫正勳估計台灣曾經有上萬隻老鷹，「老鷹抓小雞」遊戲是好幾代台灣孩子的共同成長記憶，「厲葉展翅」則延展成為台灣人賽酒拳的一段。基隆人高旗記得他小時候有漁民在外木山海邊炸魚，魚一浮出水面，「馬上就有一兩百隻老鷹飛撲到海上搶魚吃。」這樣的景象，卻在二十多年之內急轉直下，至於以老鼠為食的草鴞，能看到就等於中樂透。

日本、印度的老鷹數量都維持穩定，普遍可見，與台北差不多大的香港，約有一千隻老鷹，老鷹甚至就在人們活動的公園裡築巢，日本老鷹則會搶走行人拎在手上的垃圾。唯獨台灣，在農委會台灣保育物種列表上，老鷹目前被列為「珍貴稀有」，基隆港雖然有時近到伸手可及，但這裡並非牠們的棲地。

「一種鳥在這裡出現，可能意味著某個地方的環境被破壞，而不是數量變多了。」生態紀錄片導演梁皆得分析。

一九九二年，「老鷹先生」沈振中啟動二十年的「追鷹計畫」，年復一年調查老鷹數量，除了棲地破壞，他一直找不出老鷹消失的原因。

二十一年後的二〇一三年，屏東十八公頃的紅豆田中發現三千鳥屍，沈振中接班人林惠珊從這裡循線追索，解剖化驗的結果，證明老鷹消失的原因——農藥。老鷹因為吃下胃中有毒稻穀的麻雀和紅鳩而間接中毒，這一發現讓沈振中老鷹故事的結局出現戲劇性的轉折。

老鷹數量之所以北多於南，原因也就在此。四百二十六隻，這算是二十三年來數量最多的一次，不過孫元勳認為，這也可能是早就存在卻沒有調查到的族群。

老鷹並沒有回到台灣人的生活，台灣人並未真正的看見老鷹，守護老鷹，思索人類與老鷹的關係。

去年沈振中出現在基隆港散發宣導手冊，他不和人交談，把想說的話寫成一篇文章，標題就是「你真的看見老鷹了嗎？」

十一月上映，梁皆得導演的紀錄片《老鷹想飛》，就要講述一個在基隆港看不見的老鷹故事，一個由七萬呎十六釐米影片，二千一百分鐘剪輯成七十五分鐘，用二十三年的漫長時光換來的故事。

這，也是沈振中生命的主題。

沈振中與梁皆得

他們都有一眼就可以辨認的獨特形貌，一個是散發沉靜力量的修行者，一個是蓄著花白鬍子，恆常穿一件老舊的猛禽T恤，笑容溫婉的漢子，他們的相遇是命中註定。

一九九一年，沈振中三十七歲，是基隆德育護專的生物老師，他在基隆港看見兩隻老鷹。遇到老鷹並沒有翻轉人生的動能，除非這人已經準備好被什麼改變。沈振中正是如此，早在遇見老鷹的前兩年，他已經開始騎車環島，跑馬拉松，也獨自登山，因為一系列的際遇與內在本質的碰撞，他正逐步告別一九九〇年前，解剖、做標本、肉食，生活中有冷氣電視冰箱的自己，跨進簡樸生活，同時建構「自然環境並不屬於我們人類，我要學習與生物分享整個土地」的土地倫理觀，「鳥」就是他「重返自然」的入口。

「我，宣布自己為土地國的一個國民，將永不停止的尊重土地國中的其他分子，土壤、水源及各種動、植物。」他曾把這段話印在名片上。

隔年，沈振中開始在澳底漁村進行全天候的老鷹觀察紀錄，成為台灣第一個發現老鷹巢位的人。他也知道老鷹在哪裡過夜，明白各種鳴叫所代表的意思，叉翅、白斑、浪先生、郝先生、破洞、黑環……，他為遇到的每隻老鷹取名字，「ㄈㄧㄡ～，ㄈㄧㄡ～」，老鷹彷彿在叫喚他。

一九九〇年梁皆得二十五歲，在中研院動物研究所擔任劉小如野外調查研究助理生涯進入第四年。

彰化鄉下長大的梁皆得從小就愛觀察鳥，國中時加入台中鳥會學習鳥類調查及記錄鳥類生態的方法，之後熱中攝影。比起體制內的學校，他更樂於在野外自主學習鍛鍊，培養能力，其中發現隱密鳥巢這一大本事，最令鳥界折服。

沈振中日復一日，用望遠鏡，用最原始，也最不干擾的方法，遠遠的定點觀察，筆記老鷹整日的行為——黃昏的聚會。抓枝遊戲。交尾。築巢。下蛋。教導小老鷹飛翔。然後，幾乎撕裂他心臟的慘劇發生了，他遠遠的，看見白斑被獵鳥人置放在巢位的捕獸夾夾住嘴喙，從奮力掙扎到死亡。

而白斑的伴侶浪先生，則在妻子身邊來回衝叫二十二圈。

沈振中觀察的老鷹或受傷或死亡，怪手則寸寸進逼老鷹棲身的外木山區，「是老天爺派遣我來記錄老鷹的毀滅史嗎？」他心痛到近乎絕望，但絕望的星火點燃了更徹底的行動，他決定辭去十二年的教職，誓言以二十年的時光去守護老鷹。

同一時間，梁皆得協助劉小如上山下海，朋友說他「樸拙誠摯，任勞任怨，表現傑出」，在月黑風高的夜晚以繩索攀上高樹，觀察、捕捉、測量蘭嶼角鴞，「蘭嶼角鴞生態調查」應是梁皆得八年研究助理生涯中最特別也最艱難的任務，但這顯然沒有填滿他，他還利用工作外的時間出任「大肚溪口鳥類鳥類繫放計畫」執行人，由他親手上腳環的鳥數以千計。

對鳥的巨大熱情支撐著他。

為了能夠進入巢位確認有無捕獸夾，以及確定另一隻老鷹破洞的巢位是否下了蛋，沈振中來到中研院請求劉小如協助，而已經練就一身武藝的梁皆得就從那一刻走進沈振中的老鷹故事，努力跟拍，那年是一九九二。

沈振中的《自然筆記》震盪了賞鳥圈，他的賞鳥「前輩」，作家劉克襄在一九九三年偕同梁皆得前往外木山，當時劉克襄並不相信一位賞鳥初學者能夠把老鷹看得如此神奇，每一隻都認識，更加把牠們築巢的行為和關係描述得活靈活現，「一如動物學者勞倫茲」。

從「以為是虛構小說」的懷疑到萬分肯定，劉克襄親眼見證沈振中對老鷹烈焰焚身一般的偏執，「賞鷹對他而言，已經不是樂趣的觀察，而是一種生活態度的具體抉擇。」也因此他說服沈振中參加時報報導文學獎。

老鷹，這是除了沈振中無人能寫的題材，他果然抱回評審獎，卻毫無興奮之情，獎金捐給了野鳥學會。當有人問他沒有工作了怎麼過日子？沈振中一律回答：「反正只有一個人，節衣縮食，隨便都過得去。」

梁皆得的瘋狂其實不輸給沈振中。開始觀察、拍攝老鷹後，他把假日都捐給了老鷹，有時候和沈振中一起，有時候獨自，最勤奮的一段時日，天未亮即驅車至外木山蹲點拍攝，「晨課」結束後再回中研院上班。

沈振中專情於老鷹，梁皆得因為工作關係，必須一心多用，長期記錄的還有蘭嶼角鴞、水雉、黑面琵鷺、大冠鷲、熊鷹、蜂鷹……，每個男人心中都有一隻猛禽。

一九九五年，三年辛苦有成，他完成了以十六釐米攝影機完整記錄角鴞生活史的《嘟嘟ㄨ——蘭嶼角鴞的故事》；又兩年，記錄陽明山國家公園大冠鷲與松雀鷹生活史的《草山鷹飛》在台北市立圖書館首映。一九九九年以官田鄉菱角田鳥類世界為主題的《菱池倩影》則獲金馬獎最佳紀錄片提名。一步一腳印的邁向台灣生態紀錄片大師之路。

台灣鳥類發現史上，東方紅胸鴴、白領翡翠、白頭鴉、黑頭鴉、鐵爪鵐、紅腳隼，第一筆紀錄都由梁皆得寫下，野鳥學會猛禽資訊中心的鳥友林文宏一直堅信他「還會有新發現」……。

預言果然成真。

二〇〇〇年梁皆得受馬祖縣政府委託在當地鳥類保護區拍攝生態紀錄，第一年先進行鳥類和物種調查，「我跟他們說，做這件事不能速戰速決，要給我兩年時間，不了解狀況就拍不出好片子。」第二年開始拍攝，他就從兩千多隻鳳頭燕鷗中發現八隻被認為瀕臨絕種或已經消失的黑嘴端鳳頭燕鷗，發表後轟動國內外賞鳥界，梁皆得謙稱「幸運」，但幸運從來不是單純的幸運，而是努力和實力之後，意外的獎賞。

另一頭的沈振中持續觀察老鷹，期間他也和梁皆得獲鳥會支援赴香港、大陸、日本、尼泊爾和印度觀察老鷹，並從一九九三到二〇〇四年，十一年間出版《老鷹的故事》、《尋找失落的老鷹》、《鷹兒要回家》老鷹三部曲，完成「為一種生命立傳」的大願。

而梁皆得則為沈振中觀察的老鷹留下無可取代的影像紀錄，為了一個老鷹遊戲的畫面，他必須揹著器材爬過一個山谷，今天等不到，就等明天，這次拍不到，再等下次，「每一個鏡頭都是用時間換取空間」，這樣總共等了三年。

然後林惠珊出現了。

所謂命運，就是把意念相同的人串連起來。

林惠珊是台北女孩，高二時為《老鷹的故事》裡的叉尾和白斑掉淚，考上基隆海洋大學航管系念書後，最喜歡的事就是到基隆港看老鷹，一個研究猛禽的夢越來越清晰，二〇〇五年如願考上屏東科技大學野生動物保育所，指導教授就是猛禽學者孫元勳，但一直到博班才有機會研究老鷹，寫e-mail給對她言有如「神人」的沈振中。

他們二〇一〇年第一次見面，沈振中傾盡所學，帶領林惠珊探訪每一處棲地和繁殖點，隔年，他二十年前所立的追鷹誓願，期限已至，他和梁皆得兩人都已步入後中年，一個投入內觀修行，一個已然成為生態紀錄片大師，但在台灣，拍生態紀錄片從來不是可以安居樂業的事。

每當有人問起沈振中關於老鷹的事，他都會搖頭，「去找我的接棒人吧。」他說的人就是林惠珊，老鷹公主。

看見老鷹

《老鷹想飛》是梁皆得第一部上院線的生態紀錄片。

一般來說，先提出企劃案，找到錢，然後開始拍片，這是正常的程序，《老鷹想飛》剛好相反，沒有找錢就開始拍攝，甚至陸陸續續進行了二十三年，投入的時間、底片和器材費用無以估計，「在沒有拍到珍貴畫面如求偶、育雛或遊戲之前，我們不敢找贊助。」梁皆得說，但開始找贊助後又被拒絕十多次，「很氣餒，還有人說我們在騙錢。」終於在沈振中臨將退隱交棒之際，一位年輕時就聽聞沈振中故事的本土企業家出資五百萬，影片才得以進行後製，接下來台灣猛禽協會發起網路集資募款，用大眾的力量把影片送上院線，一百五十萬已達標。

對梁皆得來說，這不只是老鷹的故事，也是人的故事，台灣環境的故事；用劉克襄的話，是一個人以裸看，努力和老鷹進行深層對話的故事，一如珍古德被黑猩猩視為族群的一分子。外木山上的沈振中，正是一隻沒有翅膀的老鷹，老鷹的心理學家，老鷹故事沈振中怎能缺席？為此梁皆得終於說服一直不肯入鏡的沈振中面對鏡頭，並且第一次進入他堪稱家徒四壁的住處。

屏科大鳥類生態研究室則聲明，募款不是為了研究經費，而是想讓更多人看到這支影片，因而重視老鷹的生存，了解老鷹的困境，從老鷹的問題看見台灣所面臨的食安問題，如此台灣的老鷹才有希望，和我們一起平安的活下去。

這一次，台灣人終於將真正看見老鷹。

原載二〇一五年十一月《台灣光華雜誌》十一月號

遷徙

黃志聰

台灣屏東人。喜歡閱讀，觀察人生風景，並嘗試以文字記錄、療癒自認為愁苦多於快樂的日常生活。曾獲國軍文藝金像獎散文類、桐花文學獎、懷恩文學獎。作品入選《九歌一〇三年散文選》、二魚《２０１３飲食文選》及《２０１４飲食文選》。文章散見報紙副刊。

老莫的竹林地靠近潺潺溪流，種的是竹筍，還有一些水果樹。

他在林區裡擺放了一只貨櫃屋，竹筍價格看俏時節的夜晚他會住在裡頭，與外面拴著的大黑狗共同預防竊賊偷筍。我時常一大清早去那邊找老莫買現割的竹筍，閒閒沒事做的假日午後也會去找他泡茶聊天，大啖清燙的地瓜葉、烏甜仔……等生長在筍園中的野菜。

天空湛藍，陽光明亮，沒有飄洋過海而來的霾害遮掩視線時，東側連綿的大武山麓彷彿就在眼前，產生要與自己對撞的錯覺。而撐起林中活力的則是終日啁啾，飛進飛出的麻雀、白頭翁及綠嘯眼，偶爾有腿上圈著腳環的鴿子棲息，料想是迷途或是受傷的賽鴿。力不從心之際，不得不辜負養鴿人的期待了。

無意中發現荔枝樹上有一只鳥巢座落在三叉枝幹處，旁邊樹葉扶疏，安全而隱密。幾分鐘後，不知是麻雀爸爸或媽媽口裡啣著還劇烈扭動身軀，力圖脫身的綠色小蟲，慢慢飛近鳥巢。我推斷那應該是麻雀媽媽，因為有另一隻成鳥在附近飛來飛去，眼神總是不離鳥巢，時而瞄向我這頭號假想敵，肯定是麻雀爸爸在保持警戒，護衛著妻子與兒女的安全。而這一幕讓我流連樹下，許久。

半個月之後，老莫來了電話，他說竹林地即將要賣掉了。新地主決定要砍掉竹林，改種其他農作物，或者蓋農舍。聽到消息，首先縈繞在我腦海的便是荔枝樹上的鳥巢；沒有了竹林，麻雀一家將何去何從呢？

慢慢地，從腦海裡浮出一個念頭。

不上班的星期六早上，我和老莫約好在竹林中碰面，兩個大男人準備幫麻雀搬家，將鳥巢遷徙到竹林不遠處，位於河堤旁的芒果樹上。那兒是村民運動與散步的熱門地點，短期內應不至於再有遷居之虞。

架上梯子，老莫說他年紀比較大，又有懼高症，所以爬樹的任務就交給我了。我忍不住笑了出來，才三、四公尺高的果樹，這傢伙竟然牽扯到懼高症，因此我揶揄了高壯的老莫一番。不過他還挺夠意思的，答應幫忙這件有些無聊的小事。他說這是他長期賴以維生之地，天天出入，與那些鳥類時常照面；雖然牠們常常偷啄他的瓜果，或者大便冷不防從天而降，不偏不倚掉在頭上，害他買樂透彩頻頻槓龜；但他知道那是鳥類的生活習性，因此無損念舊之情。

在移動鳥巢的過程中，麻雀夫婦一直不斷振翅鼓譟，甚至發出不同於以往的叫聲，想必又著急又氣憤吧。然而為了確保鳥巢日後的安全，只好先讓牠們誤解了。經過一番折騰，沿途也時走時停讓麻雀夫婦跟上來，終於成功安置好鳥巢。旁邊就是木瓜樹，不遠處是有機菜園，菜蟲肯定不少，牠們生活起來更便利了。

休息喝茶時，老莫拿起手機滑啊滑的，卻滑到一則核電廠發生小火災的消息。我開玩笑跟老莫說哪一天啊，我們跟麻雀一樣，發生生存危機時，不知是否有第二棵樹可以遷徙、棲息？

原載二〇一五年九月一日《自由時報》副刊

溪州尚水米：水田溼地復育計畫

吳晟

本名吳勝雄，一九四四年出生，世居彰化縣溪州鄉圳寮村，一九七一年屏東農業專科學校畢業（現改制為國立屏東科技大學），隨即返鄉擔任溪州國民中學生物科教師。教職之餘為自耕農，親身從事農田工作，並致力詩和散文的創作。

一九八〇年曾以詩人身分應邀參加美國愛荷華大學國際作家工作坊，為訪問作家。二〇〇〇年二月從溪州國中退休，擔任靜宜大學、嘉義大學、大葉大學、嘉義大學、修平技術學院等校駐校作家及專業講師，授文學課程，至二〇〇六年為止。二〇〇一年七月至二〇〇二年六月擔任南投縣駐縣作家，完成《筆記濁水溪》。專事耕讀。

出版詩集：《飄搖裡》、《吾鄉印象》、《向孩子說》、《吳晟詩選》、《他還年輕》。出版散文集：《農婦》、《店仔頭》、《無悔》、《不如相忘》、《筆記濁水溪》、《一首詩一個故事》。

一

來吾鄉考察，意態瀟洒的人士
背手閒步，不經心的讚歎
好安詳自足啊，這些金黃的稻穗
一粒一粒汗珠結成的稻穗
搖著頭，默默的苦笑

活潑伶俐，可愛的小朋友
圍坐每一個家庭的餐桌邊
快樂的咀嚼
好香好好吃喲，這些米飯
滲進太多農藥，苦不堪言的米粒
已不能搖頭
只是默默的苦笑

——〈苦笑〉，一九七六

我從一九七二年陸續發表〈吾鄉印象〉系列詩作，這是我生於斯、長於斯、定居於斯的農村生活體驗，長年累月醞釀而來的作品。〈苦笑〉正是其中一首。

詩的創作靈感，主要得自於直覺感受，不必然有多深入、多廣博的知識依據。這首詩清楚表達了一九七〇年代農藥入侵農村，我最直接的反應，或者說，警覺。

詩重意象。米粒代表作物、也代表農民，苦不堪言，是無奈的受害者；而每個家庭的小朋友，代表所有的消費者，快樂的咀嚼，是「不知不覺」的受害者。

一九七九年五月起，我在《聯合報》副刊連續刊登〈農婦〉散文系列，一九八二年集結成冊。《農婦》是以母親為主的農村婦女，日常生活的故事，做為題材。其中有一篇，篇名就叫〈農藥〉，描述母親抗拒農藥的心情——

吃飯的時候，母親又在感嘆：米飯越來越不香了。聞不到以前那種香噴噴的味道了。

妻不解的問道：為什麼呢？不是一樣嗎？

母親說：農藥啊！大家拼命的噴農藥，每一期稻作噴好幾遍，米飯怎麼可能還有清香好滋味？蔬菜噴農藥更頻繁。我說：和蔬菜比起來，稻子還不算嚴重呢。

母親不識字，沒有什麼高深的知識，不懂什麼深奧理論，但得自土地的生活智慧，和單純、正直的是非判斷，促使她無法接受農藥。道理很簡單：農藥這麼毒，人只要聞到、薰到，就會頭暈作嘔，何況噴到作物身上，被作物吸收，再給人吃，怎麼可能沒事？

眼見農藥無盡氾濫，難怪母親晚年時常憂心感嘆：會壞、會壞，時代會越來越壞……。

而我在七〇年代直覺上的疑慮，逐漸轉化成深深的哀傷。

事實上，一九七〇年代，八〇年代初期，農藥危害雖已浮現，但還未不可收拾，農藥工廠尚未林立，已有不少有識之士，寫文章、做影像報導，對環境變化發出嘆息、警訊、甚至大聲疾呼、嚴厲控訴，如果政府部門知道警惕，嚴格管制，積極研擬防制對策，例如以生物防治法對付病蟲害，回歸自然方式，取代傲慢無知而殘酷的「控制自然」，田野生態不至於如此快速惡化。

然而言者諄諄、聽者渺渺，警告的聲音很快就淹沒在整體社會權利算計爭奪、財富貪婪炫耀、逸樂追逐盲從的滔滔洪流中。滿朝文武、地方行政首長、民意代表，熱衷拚經濟、搞建設、經費編列加碼再加碼，什麼攏不驚，勇敢向前行，迎向經濟起飛再起飛，卻放任農藥自由氾濫，環境惡化再惡化，誰管什麼生態？

大勢所趨，芸芸大眾，自顧自忙於營生，渾渾噩噩，沒什麼「感觸」，即使有些知覺，也因「無力感」而隨波逐流，很容易就適應。

二

至今，我們的社會還是麻麻無知覺，不願積極尋求改善之道嗎？

實在說，我是無比悲傷。只因大多數台灣人的生態知識仍然十分貧乏，環境意識更為薄弱。然而再多感嘆無濟於事。何況台灣美好生態，正是毀在我們這一代人手中，我始終懷抱著共犯的心情，總要先從己身做起，試圖做些彌補，做些挽救，或許有些機會推廣理念，帶動風氣。

二〇〇一年，我在自家二公頃田地植樹造林，堅持絕不使用任何殺蟲劑、殺草劑，必要除草時，以手工鐮刀鋤頭，或以割草機為之，特別喜歡陣陣飄散的芳郁草香；割除的青草回歸土壤，整片園區地面上，永遠保持青翠、濕潤、鬆軟。

十多年來，樹園苗木逐漸長大，皆已成樹，綠蔭盎然；綠蔭下，任由各式各樣「雜草」叢生，包括蕨類、姑婆芋、間雜各種樹木幼苗，披覆滿園，只需留意藤蔓類，隨時清除，以免攀上樹幹。

有草叢，就有昆蟲；有昆蟲，就有飛鳥，生態十分豐富，經常有新奇發現，帶來驚喜。飛鳥至少有二、三十種，滿園啁啁啾啾、嘰嘰喳喳，每天清晨及傍晚時分，特別熱鬧，經常有老師帶學生來這裡，做生態教育、親子旅遊活動。

若是一遍又一遍施用除草劑，不只滿地枯黃、生機盡失，很不舒服，大人沒有興致穿梭其間行走、漫步；也不可能允許小孩隨意奔跑、玩耍，和人工割草的感覺，簡直是天壤之別。據我粗略估算，僱請人工揹著農藥桶噴灑，或許省些時間，但工資加上農藥錢，所需花費，比起手工割草機，不見得節省多少。

習慣，存乎一念之間而已。

我們家兩公頃樹園旁側，還保留二分多地繼續種水稻，自家食用。數年前，我女兒音寧要求由她負責管理、耕作，實施自然農法，她戲稱為「自然荒廢法」，只在耕耘時加些「基肥」打底，插秧後幾乎是完全放任生長，絕不噴灑農藥，絕不使用除草劑，絕不使用化學肥料，乃至與「金寶螺」共生。

插秧後，只需花些時間「挲草」，去除稗草、田野草，割一割田岸草，撿一撿金寶螺。

唯一重要的工作，只有巡田水、顧田水。

水稻、水稻，無水便無稻。從秧苗到收割，每個成長階段，整片水田，何時必須「淹水」、何時必須保持濕潤，何時必須曝晒（晒田），有一定時程，例如開花結穗期，絕不可缺水，不然很可能不飽穗（米漿不足），即俗稱「冇穀」（空包彈）。

一年二期稻作，經過五、六期實務經驗，音寧很篤定，照樣可以收成，和使用農藥，所謂「慣行農法」，唯一的差別，只是收成量大約減半，如此而已。但絕對更香、更好吃，當然更健康。

就是說，對水稻而言，噴農藥，唯一的功能只有控制病蟲害、衝高產量，但病蟲害控制得了一時，不可能滅絕，甚至更猖獗，劑量越用越重，形成惡性循環，不惜毀滅大量物種。

其實不只水稻，很多作物根本無須噴農藥，像鳳梨、蕃茄、西瓜、玉米、黑豆、小麥……以及依時種植的蔬菜、水果、絲瓜、菜豆……吾鄉已有不少農民親身去實踐自然農法，成果一樣，只是產量少一些、外表沒那麼「光鮮亮麗」罷了。

三

吾鄉居民世世代代在濁水溪畔安身立命、勤奮耕作，引用濁水溪水灌溉農田。

二〇一一年，得知鄰近工業園區將沿著灌溉水圳埋設暗管，搶奪我們農民的水源，十分驚慌，水源一旦被搶奪，等於斷去耕作命脈，攸關生存權，豈能默不吭聲，向來安分守己，只知認真耕作的農民，被迫學習如何抗爭，全鄉一呼百應，迅即成立「顧水圳、反搶水」自救會，展開一波又一波行動。

足足五、六百天充滿焦慮、不安、悲憤、交織淚水的辛酸煎熬，在社會各界人士聲援、協助下，終於守住母親之河基本的水量，回復平靜耕作的尋常生活。

經歷這場「震撼教育」，吾鄉農民才警覺到，原來天經地義、理所當然的自然資源，隨時都有可能失去，更懂得珍惜；對做田的價值，也更有自信。

抗爭，是明確表達「不要什麼」；抗爭之後，就要積極落實「我要什麼」。

音寧依據她「自然荒廢法」的經驗，結合水田概念，和自救會農民密切討論，進一步提出「水田溼地復育計畫」的願景，並和「特有生物保育中心」年輕研究團隊合作，獲得內政部營建署補助，做生態調查、紀錄。

就像米，從來不只是米、不只是糧食，而是包含氣候、土地、水流；是歷史與技藝、科學與經濟、文化與風格的展演；更是自然生態變遷中，最日常、最直接的體現。

米，就是生命。

水田，就是生命之源。

水田，不只是農業生產之用。水田也是國際溼地公約與國際自然保育聯盟所定義的重要溼地價值，具有水資源涵養、地下水補充、環境溫濕度調節等多元功能。

水田也是台灣農村最開闊、最好看、最具特色的人文風景。

在我的童年、青少年記憶中，農藥尚未入侵之前，廣闊農田連接乾淨水流的圳溝，水草搖擺、魚蝦豐盈，春夏季節最熱鬧，撿田螺、釣青蛙、捉蚱蜢、摸蜆撈魚、捉泥鰍……，多樣生物適應耕作節奏，展現出水中繁殖生長、離水遷徙，溼土休眠的生活史……。

音寧的童年，也保有這些美好記憶。她希望讓這些記憶，回到生活中。

只要重新學習友善對待土地，不再施用化學肥料壓榨土地；不再施用農藥強迫作物、傷害環境，一年、二年……十年，悉心照顧，耐心等待，應該可以讓飛鳥回來、青蛙回來、魚、蝦、毛蟹、蝙蝠、螢火蟲……，失去的一一召喚回來。

召喚回來的，不只是健康的土地、水流、生命，還有合乎自然倫理的價值觀。

音寧這樣期望，這樣相信，當然也明白，這不是簡單的事，可能是很遙遠、很艱辛的夢想。然而，夢想不是等待，而是要化為政策推動落實、起身而行，一步一步去實踐。

最基本的理念是堅持小農的價值。絕不是「小地主大佃農」式的承租、大規模的企業化經營，而是留住小農，留住耕作勞動的精神。

小農對田地的自主創作，是海島台灣農耕文化中的重要基礎。每塊田就是每個小農的創作品，也是精神寄託，要給予自主的空間去發揮、去著力；保存田地的多樣性，留住第一線農人的多樣性，恰如生物多樣性，是必須努力的方向。

目前，台灣各地已有越來越多的小農投入友善耕作。

不過，自主並非是個人主義，尤其台灣小農更需要集體合作、組織運作，凝聚群體力量才能成事，並非單打獨鬥，各打各的品牌、各搶各的市場。

音寧的「水田溼地復育計畫」，踏出的第一步，便是以我們家二公頃台灣原生種樹園為基地中心，擴充出去，向周邊農田的農民，一一說服。其中多位是「顧水圳、反搶水」自救會「要角」，在抗爭運動過程中，音寧和他們培養了深厚的革命情感，有了良好的默契，經過數次溝通、交流，很快就聚合起來，首批集結了十一位老中青三代，各有性格與看法的在職農民，並找來幾位一向愛護土地、關心農民的好友，加入股東，水到渠成，正式成立「溪州尚水」農產股份有限公司。

四

這是一家很特別的「公司」，說它是獨一無二也不為過，因為它絕非個人營利事業，而是推動理念，作為農民與農產的平台。它的最大特點是：提供的不僅只是商品，更是生活的價值。

這家公司主要業務有二項，其一是負責組合農民，溝通，安排觀摩、講座，並和農民簽訂「保價契作」，翻轉一般通行的「以量計價」收購方式，採行「以地計價」，真正從最源頭的地方把關，不論收成量多寡，每分地以合理價格保證收購，讓農民有基本的穩定收入，在沒有產量壓力下，免去使用任何「特效藥」的必要性，安心做為生態復育、農村文化開拓、傳承，第一線執行者，在田間挖溝放養水族、孕育藻類、空出野地、種植綠籬提供生物棲息繁衍……進行各種增加生態多樣性的營造實驗，長出美好的價值觀。

坦白説，只靠彼此信賴、相互督促，難免有一、兩位農民，使命感不夠堅定，有時會偷懶一下，未認真照顧農田，產量與品質都遠遠不如別人，落差太大。不過，在大家盡力打氣、教育下，和顧及面子下，總會改善。

每一期稻作收割時，公司會在各家田地留一袋稻穀給耕作者，待全部完成收割，來我們家庭院樟樹下，舉辦別開生面的「呷米趴」，每位稻農先在家中，把自家生產的稻米，煮成熱騰騰的米飯，帶過來，公司人員暗中一一編號，再端出來，擺在樹下長方形飯桌，大家一鍋一鍋輪流品嚐，品嚐者都不知道哪一鍋裝誰家的白米飯，連自家煮的也分辨不出來，每人圈選覺得最好吃的那一鍋號碼，投入票箱，唱票結果，由鄉長宣布「米王」得主，在掌聲和笑鬧聲中，促進情感交流。

另外再宣布各家平均生產量，相互惕勵。開會檢討，交換心得。

公司另一項重要業務，便是推銷農產品，目前以「溪州尚水米」為主。

尚，台語和「上」相通；水，既含水田之意，台語和「美」近似，就是最好、最美的米。為什麼敢如此「自誇」呢？

什麼樣的水、什麼樣的土壤，孕育出什麼樣的作物。

溪州農鄉位於濁水溪畔，引濁水溪水灌溉農田，水源充沛，因沿岸少有工廠，二〇〇一年集集攔河堰興建之後，中央集權管控水源，農業灌溉渠道專管專用，溪州地段為莿仔埤圳上游，沒有工業廢水汙染；濁水溪的濁，不是髒，而是挾帶上游山壁石岩不斷崩解的鐵板沙，隨著急水流入農田，逐漸沉澱而成有黏性、又含豐富有機質的黑色土壤。

這麼乾淨的水質，這麼肥沃的土壤，再加上這麼貼心的自然耕作法，孕育而生的米、飯，滋味Q軟香甜、黏度適中，當然特別好吃，而且健康。我一廂情願以為一定很受歡迎。

溪州尚水農產公司，請不起專業經理人，只有幾位懷抱農村新願景的知識青年，負責一般業務。只靠幾位共同理念的朋友，熱心協助，不支薪、無利潤、純粹義務推銷。尤其是音寧和我，年輕夥伴戲稱我們是「超級藍鑽業務員」。

為了推廣友善耕作理念，推銷溪州尚水米，我不在意身分、不顧及臉皮，每場演講，技巧性打廣告；每趟出門，我的書包中一定帶多份宣傳品、訂購單，有機可乘就「直銷」；平日花費不少時間，親自接待一批又一批遠道而來參訪的人士，到農田現場不厭其煩導覽、解說；甚至去「拜訪」有可能合作的餐廳老闆、企業界主管，費盡唇舌尋求訂購、認養、合作。

第一期契作七公頃、十一位農民，因為不斷有媒體好意報導，也有不少朋友熱情贊助，收成後短期間即銷售一空，給我們很大的鼓舞，但也造成假象，因為有更多農民有意願加入，音寧決定擴充到十一公頃。

友善耕作面積擴大，耕作技術也更有心得，產量大為增加，銷售卻停滯，並未相對成長，一季緊接一季，舊米未去、新米又來，堆積倉庫中，壓力很大，因為倉庫還未有冷藏設備、容量也不大，最大的壓力是，自然農作不噴農藥的稻穀、稻米，耐不住久藏，大約只容三、四個月，很快就會長「米蟲」。就算有良好的大倉庫冷藏設備，這樣堆積下去，也不是辦法。

實在說，我的業務員經驗，心情很複雜，既充滿感激，感激許多朋友熱心宣傳、推廣；感激多家企業支持、認養。但挫折感也很重。

我感到最大的挫敗是，至今還無法說服一家餐廳願意使用「溪州尚水米」。

如果商業餐廳願意訂購，價錢可以再調低。和自然農法米食合作，可以明確知道產地來源，隨時歡迎來「巡察」，也是很好的宣傳、很有意義的公益形象廣告。即使不談公益，純粹在商言商，確實好吃、真好吃，安全又健康，何樂而不為？

目前只有家鄉子弟、作家蔡逸君的好友王靈安，在台北華山文創園區的「三重奏咖啡」，和他徒弟「阿力的搖滾廚房」及楊儒門的「學農Food」，固定採用溪州尚水米。期盼帶動更多的餐廳業者願意加入。

五

推銷業務難以拓展，主要因素當然是我們太不會「做生意」，沒有能力打開通路，不懂得發明、唬弄一些虛華的廣告詞，只是一味宣揚生態觀念。訴求三大「功德」：一、提供親友健康農產，二、照顧農民穩定收入，三、保護環境生態復育，太過於「道德化」，引不起消費大眾的興趣。

我大致歸納一些客觀條件，如外來飲食文化不斷入侵，改變了國人米飯為主食，無飯不飽的傳統食性；每天煮飯「動鼎灶」的家庭越來越少；在超市購買平價包裝米很方便；米太平常了，潛意識中不自覺的輕忽，或輕賤……。

最大關鍵還是價錢吧。

因為友善耕作，不施用農藥、化肥，行距、間距也要加大，通風性較良好，比較不容易發生稻熱病，因此稻穀收成量，大約只有「慣行農法」的一半，而且「對地契作」保證價格，約為政府休耕補助的四、五倍，從耕作方式到碾米，包裝、出貨，大都是手工作業，比起大型機械化工廠，增加很多人力成本。一般市售價格每公斤約四、五十元，溪州尚水米零售定價一百五十元，「好家庭」訂戶每公斤一百三十元。

我粗略計算，每公斤約四碗米、每碗米煮成三碗飯，也就是每公斤米十二碗飯，每碗飯平均十元左右，和一般小吃攤、小餐廳價錢差不多。依目前多數人食量，每人每個月約吃六十碗飯，合計約六百元，等於外食價錢，和市售米價相差只有二、三百元，對一般收入的家庭而言，需要如此節省嗎？

前些時，一再爆發「假本土米」風波，多家知名糧商找了幾位當地農民契作，當做招牌，出產的品牌名氣很響亮、市場占有率很高，卻連續被查到混充越南等劣質米，包裝為優質米價格販售；還有大廠名牌米，多次檢驗出超標的劇毒農藥。

如此不實，如此造假，如此不安全，但事件喧騰了一陣子，罰些小錢，很快就不了了之，這些名牌米繼續上市銷售，社會大眾似乎也無所謂，仍繼續接受。

米飯，性溫和善良，不腥不燥，不像某些主食，容易口乾。早年未施用農藥、化肥的米飯，很純淨，清香四溢。我們這一世代的台灣子弟，大都有這種經驗，只要有一碗熱騰騰的白米飯，淋上一點醬油攪拌，風味絕佳；若再拌一匙豬油，更是無比幸福感，幾乎無需什麼配菜。

很多報章雜誌、電視節目的美食報導，介紹本土流傳甚廣、甚久，深受平民大眾喜愛的爌肉飯、滷肉飯、肉燥飯，皆著重在肉質、配料，很少評鑑米飯，我認為這近似主客易位、本末倒置，殊不知米飯好不好吃，絕對是決定滷肉飯、爌肉飯、肉燥飯……品質優劣的要素。

但米飯的品質越來越差。

各式各樣毒性那麼強的化學藥劑，長年傷害土壤、侵蝕作物，天然好滋味當然喪失殆盡。大眾的品味能力不自覺的降低再降低，已經不懂得分辨什麼品質了。

坦白說，我在街市小吃攤、餐廳、或便當，已經很少吃到好吃的米飯，甚至常吃到實在難吃的米飯。

不知道多少消費大眾有感覺，有在乎嗎？

據我所知，台灣各地已有不少農村青年、中壯年，懷抱理想，投入無毒、友善環境的耕作方式，技術不斷進步，充滿願景。似乎有逐漸蔚成風潮的趨勢。

不過，只靠少數農民的堅持，只有一點一點的改善，效果畢竟有限，必須農委會、內政部、環保署及各縣市政府等行政部門，真正重視，無懼得罪農藥化學廠商，成立執行中心，研擬有效政策，才能全面復育生態環境。

音寧號召農民組成溪州尚水友善農產公司，進而推行鄉內幼兒園營養午餐，採買在地食材，不只米食，所有蔬菜、水果也都和實施自然農法的農民合作。最大願望是自然農法加上在地食材理念，推廣到全國。

台灣社會外食風氣普遍、外食人口眾多，只有便當店、簡餐店、小吃攤、一般餐廳、學校餐廳，乃至軍中餐廳等公共食堂，提高一些成本預算，採購自然農法的農產，才有可能真正推行友善耕作。

更重要的是，全民的覺醒，從自身改變消費觀念、消費習性開始。每一次合乎自然倫理的飲食選擇，正是推動改革的一分力量。

我如此深切期望——

轉機，即將來臨嗎？

附記：本篇部分文字引用「溪州尚水友善農產」摺頁簡介。

原載二〇一五年九月六至七日《聯合報》副刊

君自何處來

張怡微

一九八七年生於上海，政治大學中文系博士班在讀，曾獲台灣時報文學獎、聯合報文學獎、台北文學獎等。在台出版小說集《哀眠》。

過完年從上海返回台北時，適逢一陣冷雨。但據說，整個冬天島嶼都被乾涸的陰影籠罩著。這是春天裡的第一場雨，下得極冷，卻令人安慰。

方才抵達的人，決計感受不到在地的那分樸質的感恩。像《大明王朝1566》開篇，整個大明朝都在祈求瑞雪，人心惶惶、傳言如風，誰都不知道未來會發生什麼，發生了什麼之後又意味著什麼。被海洋包圍的土地，總以為水是最豐沛的上蒼恩澤，殊不知海島也會有如此深重的憂慮，水庫告急，晴天帶著疑雲，暖風吹拂也難令人歡喜了。

悄然的，兩岸往來也愈發方便。這與多年以前我第一次踏上這片土地時完全不同，與第二、第三次相比，也要簡化太多。開學時我去移民署辦理多次往返證件，事實上學校裡只剩下大陸留學生還需要逐次加簽。但以往的每一次，我排在許許多多外籍配偶、大陸配偶後面，即使學生出入的手續極為簡易，幾乎就是交錢蓋章，冗長的等待裡依然夾帶著複雜的人生滋味。

有人說，在上海，想要參透世事人情，去房屋交易中心待上一天就什麼都明白了。兄弟反目、瞞騙、言而無信比比皆是，抬著擔架上的老人來簽字的子女，眼睛裡還有著動人的憧憬，辦事人員一遍又一遍反覆確認：「你知道自己在放棄什麼嗎？後果是什麼嗎？」全無子欲養而親不待的痛惜哀婉，多得是養老防兒的警醒。

而在台北，囿於移民署的等待中，我也常常有相似的感知。多少次，聽見男人對著公務人員咆哮：「他真的是我老婆啊！四年了我們每分每秒都在一起！你們為什麼不發身分證。」又多少次，蹣跚學步的幾個小孩在大廳狂奔，撲通就摔倒了，嚎啕大哭起來。櫃檯上的辦事員，會幽幽說一聲：「家長在哪裡？小朋友不要亂跑啦！」而後繼續工作。在我看來，無論是房管所、還是移民署……公務人員的心最皮實了。他們手裡每天流轉著那麼多一生一世，荒唐事見多了，走夜路都不怕驚魂。

黃仁宇有一本書叫做《關係千萬重》，將人世間各種關係理出最重要的三種：生存關係，性關係，經濟關係。人類的共同欲求，往往是超越了現有秩序、甚至合法與非法之上，是混雜又真切的存在。那些神智無知的小生靈，跌跌撞撞來到人世，成為兩岸橋梁，恐怕他們自己都不知情，早在三十年前，自己的存無多麼渺茫。他們是歷史的禮物，又或是島嶼肌體疼痛的潰瘍，誰知道呢。市長應景的「失言」，說奇怪！台灣不是有很多外籍新娘，都已經「進口」卅萬，引發女權團體不滿。然而物競天擇，社會達爾文主義為種族主義開路，騎在馬背上的歷史精神遠遠超越了所謂「付出」、「犧牲」等等小家庭倫理的悲欣，這甚至不是男人和女人的問題。黃仁宇說，「所謂大歷史則是窮究各種事蹟，粗率看來它們好像矛盾互相衝突，其實則當中縱有局部之反覆，而終歸成直線或至少成梯次之前進。」

輪到我的時候，已經排了快兩個小時。工作人員看著我填寫的表格問我，「你父不詳嗎？」

我說，「詳啊。」她說，「那你為什麼不填？」我說，「他和我媽十五年前就離了婚，我不知道他住哪兒啊。」她說，「那你填你知道的。」於是我填了一個名字，填了三個「不知」。過了。沉默的當口，我聽到隔壁的公務員在問，「你父親呢？」婦人答：「死了。」工作人員說，「可是我這有他的資訊耶，我唸你寫，填上去。」然後隔壁說，「他死了呀。」工作人員說，「沒關係的，我唸你寫。」

看年紀婦人並不是學生，「父不在」這件事也遠比「父不詳」要順理成章。然而她這樣的人，我這樣的人，本來都可以生活得卓然自我。硬要在移民署浩瀚的「人的來歷」中留下毫無意義的訊息，卻實出無可奈何。這裡自然包括著偉大的生存關係，關於我們如何來到世界、如何來到島嶼，又要追溯到性關係，最終落實為經濟關係，是人的總和。

不知為何，那天從冷雨裡走出來，甜蜜被沖刷殆盡，多的是人之為人難免的苦吟。去年以來、今年以後，晴天帶著疑雲，暖風吹拂也難令人歡喜了。我在山林中度過了一個瀕臨而立的小生日，雨沙沙捶打空調外機。我認識的許多人都走了，新來的那一些卻無心再相識。物換星移，本來沒有多大的隱喻，卻因想到了些什麼、悟到了些什麼而顯得尤為無奈。還記得書裡的瑞雪之後，馮保受罰在風雪中凍成一個僵局。所有人都屏息著，直到呂方宣布「議事吧」。這才開啟了新的一年、新的彷徨。

白日依山盡。

原載二〇一五年十月五日《自由時報》副刊

凌餘

本名蔡嘉文，一九七三年生。處女座O型，北監宏德補校畢業。作品常獲獎於監獄類文學。

鹹水雞的滋味

只剩媽媽惦記的人

監獄裡面，各式各樣的人都有。偷搶拐騙各類刑案暫且不論，在這鍋五味雜陳的什錦粥裡，還有南轅北轍的價值觀和成長背景。有樂觀的、悲觀的；有家境好的、經濟不寬裕的；當然，也有每星期家人來會客的，或是好久好久都沒人來探訪的。

剛好，在房舍內緊鄰著我鋪位的「林仔」屬於後者。林仔上次會客到底是多久以前，對同學來說是個謎。總之，就像童話故事開頭說的一樣，是「很久很久以前」的事情了。

偶爾在閒聊的時候，林仔會說起他在監獄的歷史。

「我十六歲就進少年觀護所，」他深深吸一口氣又重重的吐出來。「後來就在監獄進進出出。活到現在四十歲就關了二十幾年，人生有一半都在這裡。」話說到這，他的眼神有點失焦，像是看著我，又像是看著我身後斑駁泛黃不知多少年的白牆。

我問他這趟還要關多久，他說還有三年才能報假釋，報到「准」的話，少說還要再加二年。他接著說：「關了這麼多年，爸爸死了，兄弟姊妹的情分也散光了，只剩下七十多歲的媽媽還記得有我這一個人。她的身體不好，走路要拿枴杖，我叫她不用那麼遠來看我……」我聽了不知道該說什麼回應，只好拍了拍他的肩膀，心裡深深的嘆了一口氣。

淚水般極鹹的鹹水雞

幾天前氣溫突然降到十三度，林仔的媽媽卻選這一天來看他。他帶著雀躍裡夾雜著些許不安的表情，著急的離開工廠。而等到再看見林仔時，他除了手上多拎著一包會客菜外，眼睛也多了紅紅的血絲。

他用極不自然的聲調，僵硬的開心表情對我們說：「是我媽媽來啦！她說拜拜用的鹹水雞吃不完，就帶來看我。是她親手煮的唷！等一下吃飯的時候大家一起吃，不用客氣！」

等到吃飯的時候，林仔第一個動作就是夾一塊鹹水雞，然後津津有味的張口大嚼。我和其他同學看了也很自然的跟進，還不忘跟他道謝。

可是，當我咬下第一口雞肉，我差點吐出來！這是整坨的鹽巴吧！怎麼會是鹹水雞？

我陷入兩難。脹紅了臉，快速思考到底是該吞下去還是吐出來？正當我不知所措、思緒紊亂的時候，隔壁的同學輕輕踢了我一下。我看了他一眼，只見他極隱晦的向我嘟嘴，再把目光不著痕跡的移到林仔臉上。我立刻了解他的意思，也緩緩點頭，慢慢的將那塊雞肉吞下。其他的同學顯然也非常有默契，在彼此眼神交流下，吃完一塊雞肉，又去夾第二塊。

整個事件彷彿只有林仔是狀況外，但是我實在不能確定，他是不是真的沒察覺到鹹水雞的異樣。

吃完飯，同學偷偷告訴我：「林仔剛剛會客回來的時候在廁所哭過。」那時他剛好在旁邊，問了幾次才知道林仔的媽媽昨天收到醫院的檢驗報告，說是已經肝癌末期了。今天她趕緊來監內告訴林仔，要他好好照顧自己，以後不知道什麼時候才能再來。

聽同學說完，我沉默了好一陣子。原來鹹水雞對林仔來說，已經不是鹹不鹹的問題了，而是媽媽拖著即將步入棺材的病體，在十三度的低溫裡帶給他的溫暖。

那天晚上，夜深人靜時，我聽見林仔在棉被裡壓抑的啜泣聲。低微不可辨的喃喃自語，伴著窗外陣陣的風聲，恍忽間我隱約聽到「對不起……對不起……」這幾個沉重的囈語。我想，這或許是他這一輩子最想跟媽媽說的一句話吧。

寒冷的夜在林仔沉睡後更加的凍人，而這漫長的黑夜不知道還要多久才會離去。明天該跟這十一年來，每個月固定來會客的媽媽說謝謝，然後告訴她林仔的故事，我想，我永遠也忘不了那鹹水雞的滋味。

本文收錄於《媽媽永遠守候你》（白象文化，二〇一五）

二〇一五年五月十日《聯合報》副刊摘錄

謝凱特

本名謝智威，東華大學創作與英語文學研究所畢業，曾獲林榮三文學獎小說獎、林榮三文學獎散文獎、蘭陽文學獎、林語堂文學獎等，現任報社編輯。在臉書寫字，把日子結晶。

我的蟻人父親*

父親是喜歡小東西的；父親曾是三十年的板模工人；父親也曾好賭成性但至終為了家庭收手；父親退休了；父親是知道我的同志身分的。

父親是沉默的。

二〇〇五年，台灣加入國際反恐同日的聯合遊行，同志活動未艾方興，媒體卻像篩子般過濾消息，一切就像一顆即溶顆粒無色無味消失在每個家庭電視裡。當晚我從大學宿舍返家，放下行李就到廚房幫忙準備晚餐。鍋鏟鋃鐺，鑊氣騰騰。母親在一旁洗菜，問了一句：有女朋友嗎？

母親是知道的。

許多人家裡都有一個善於推理的母親吧，任何日記、書信往復都是證據，甚至光憑口頭一句：「有女朋友嗎？」就把當時國中的我給嚇傻了。儘管我推託別詞，問題就盤在她的心裡多年——在陪她上市場入廚房的好兒子，與遭異樣眼光的同志兒子兩者之間推拉。時間一久，大家心知肚明，只是她總還有那麼一點期望：拜託，告訴我你還會交女朋友；或者乾脆掀開底牌，讓她一次死心也好。

那天，我選了後者。

＊ 原使用本名謝智威發表於《自由時報》。

水聲仍在繼續，菜葉在母親手上折斷，一次次發出清脆聲。我還來不及盤算萬一，她就先開口：「我以為你一輩子都不會說了。」

因為這句話，幾日後我邀了當時男友來家中吃飯。母親和他相談甚歡，儘管聊的都是股票基金，不過對於未來的規畫，母親是滿意他的。

送走男友後，不知情的父親從工地回來，睡前我聽見他在房裡說了一句：「啊，錯過了啊。」

我與父親的距離，一直是這樣的。

我和父親鮮少交談，印象中的他總是在我的生命中缺席。升上高中第一年，納莉颱風侵台，所有公車被泥水一泡全成了廢鐵。復課後，父親載我上學，這一載，高中三年我就成了有父親接送的小孩。

那時因著青春，我學著打扮，有時身上是香水味，有時是髮蠟果香。我遺傳了父親的鼻炎，兩人早晨起床都聞不太到味道，遂以為這些脹滿車子裡的氣味終將成為父子以外的祕密。閉口不語的兩人直至我下了車，父親才說：「太香了，小心被教官盯上。」

我應允一聲，關上車門往校門走去。

小學時經常羨慕有爸爸接送的同學，車子到了校門口，同學打開車門，回頭對著駕駛座上的爸爸說說話，再開心進了學校。我常想像，在那樣密閉的空間裡，小孩子會和自己的爸爸偷偷說什麼？會不會是討親、討抱，說說我愛你。而關上車門後的爸爸，握著方向盤，該是帶著愉悅心情開往這一天的大道吧。

小心被教官盯上。

車程中，眼神在後照鏡裡無意間和父親交會，兩人很有默契地閃躲，頭望向車窗外，偷偷再把視線拉回後照鏡，看著父親眉毛末端愈來愈長，愈來愈白，夢境般恍然間就到了學校。校門口同學彼此相伴有說有笑，我就成了其中一個異類。

是該自己上學的年紀了。

背後的父親打著方向盤，車子回拐，彎上高速公路，往城市邊緣駛去。

這個城市似乎是因著父親的腳步而擴大的。

一九八〇年代房市熱潮，房價飆漲，城裡人往城邊移動，搜尋更適居住地點。當時父親娶妻生子還沒個穩定工作，家中老母又愛邀約親友到三合院裡賭博，麻將、骰子、四色牌，想得到的賭具一樣不缺，就連路邊臨時來了香腸攤車，眾人也會一窩蜂跑出來插花外賭十八啦。母親一氣之下翻倒家中所有櫃櫥桌椅，將仍是嬰兒的我藏在衣服堆中就離家出走。

三合院裡賭得昏天黑地，父親賭累了起身小解，走到房間看見散落一地的物品還以為遭了竊，仔細一看，妻子皆不見人影。怎麼回事？

小孩時機算得忒巧，轟然一哭，所有人都在滿桌子命運交織的數術裡醒來，父親循聲找人，抱西瓜般將我抱起。那時他頂著爆炸頭，手中抱著嬰兒的樣子，就像Disco舞廳外浪蕩少年在門口撿到了個嬰兒，不得不當起了大人。但故作鎮定模樣任憑一個垂髫小兒都看得出他慌了手腳發出各種逗弄牲畜的聲音，嘖嘖嘖、啾啾啾。

父親到丈人家把妻子求回來，代價是戒賭、戒菸和戒酒，還用了點積蓄在別處置辦新房。正愁著接下來的貸款光憑夫妻倆薪水負擔不起，某日就搭了建案潮，成了板模工人。

似乎定下心，父親方能被稱做父親，先前都還只是個空軍少爺兵退伍的浪蕩公子哥。

房子搭起鋼筋後，灌水泥之前，得先按設計圖來釘板模，才能讓混凝土定型。公子哥成了父親，剃了爆炸頭，也天天帶著一身土木髒汙返家。

小學到高中，每天聽到父親灰撲撲地回到家中，吆喝問小孩吃飯沒、功課寫完沒、什麼時候考試，然後被母親吆喝著：「去洗澡啦！小孩子自己都做好了！」

父親訕訕進了浴室，把沾滿木屑灰塵的衣服丟進浴缸用腳洗踏，再用洗衣機洗，再將洗衣機中的塵屑沖掉，才能洗我的制服。有時夜裡他腳步蹬蹬蹬在家裡轉悠，到冰箱找水果、到客廳看電視、走到我房門外看著看書的我。我轉頭看他一眼，他也看我一眼，照例若沒重要的事情就彼此閃躲。

我們之間有一條令人尷尬又切不開的臍帶。

大學暑假前我準備搬回家住，請父親幫忙到宿舍載行李。衣鞋課本，零碎雜物，父親提起一袋叮叮咚咚瓶子撞擊，溢出各種洗髮造型香水的香味，瞥了一眼袋子裡的東西，沒多說什麼。

父親從大學城中開車出來，突然說：「你學校這幾棟也是我釘的板模。」

這些日日進出的大樓，原來都是父親一板一釘，架構出來遮風避雨的世界。從城的邊緣往中心，他沿路指著建築說：「這棟也是、那棟也是。」這樣一指就在風景裡畫出城市的線稿，一幢幢建築灌了漿，在輪廓裡填上顏色，都市在他手中變成一座以同心圓無限擴張、巨大的城。

他指著二十多層的大廈說：「我蓋這棟的時候，你小學剛畢業。」

小學畢業那天，所有畢業生別著胸花參加典禮。愛哭的我想著：「我應該驪歌唱到一半就會哭出來吧。」但我到底沒哭，直至走到禮堂外，看到大家紛紛被父母領走，眼淚才掉下來。答應我會參加典禮的父母親在哪裡呢？那些該在禮堂二樓熱烈關注的眼神應該要像聚光燈照著我。如果沒有被照亮，人生就會有一個斷層永遠被埋沒。

我拿鑰匙開門回家，換下制服丟進洗衣籃，關在房裡昏沉睡去。

那天父親從工地回來，一定看到了寫著「畢業生」三個字的胸花吧。

時光會輪迴，以一種看不見的形式重新安排父母子女間的關係。當父親工作時，我安心念書；當他退休時，我忙於工作，在他豢養的家中宇宙頻頻缺席。

早晨起床梳洗，對著鏡子開始打理儀容。用收斂水在臉上拍打，搽上防晒乳，有時氣色不佳得用潤色的隔離霜，或用眉筆補上眉毛，用面紙推勻，戴上隱形眼鏡，用髮蠟整理頭髮，選香水，在衣櫃前三挑四揀，出門上班。

多年前母親一開始嫌我花太多時間準備，但那句「我以為你一輩子都不會說了」像手術刀，切開我與她之間原本緊張尷尬的瘤，此後變得姊妹一樣，有時互換保養心得，有時光明正大到我房裡拿香水去用，有時她會像少女般跟我評論某個男星如何如何，還問是不是我的菜。

當我拍打收斂水，發出可笑的啪搭啪搭聲音，父親也已起床，替滿陽台的香草植物澆水、撚香拜拜、燒了開水泡好芝麻糊當早餐，安靜走到我房門口，看著我在鏡子前擠眉弄眼，做一些他一輩子都不會理解為什麼的事情。

他小聲地敲敲門，我轉過頭，「冰箱有水果帶去公司吃。」

小時候，清晨六點多，父親聽到鬧鐘起床，穿上舊衣服，在滿陽台破破爛爛的長筒襪中拿一雙堪穿的，坐到我房門口的台階穿起襪子。他的身子都還沒睡醒，緩緩地像是抗拒著上班卻又不得不把襪子套上，以防工作中任一個長釘會穿過鞋底但至少還有襪子——不是能擋釘子，而是能吸掉傷口流出來的血。

眼神迷濛中，我看著父親的背影，不能理解他那時的心情是什麼。

現在，換他看著我的背影了。

出門前，我到陽台看著那些當年我種成興趣的香草植物，被退休的父親分株，扦插，不斷蔓延開來，一盆薄荷養成了一整排的薄荷叢；九層塔和迷迭香從草本種成了木本的小樹一株；多肉的左手香挺著豐饒的枝葉亭亭如蓋。我每帶回一株香草植物，就放在陽台，附上一張小紙條寫下習性和用途：百里香，喜乾燥，搭海鮮；甜菊，日照充足，可替代砂糖，適合你用；芸香，耐旱，防蟲。

留下紙條的隔天，就會看到植物從花市的廉價塑膠盆移到了大花盆中。培土、石子、砂土怎麼混的，只有父親知道，分株扦插的方式也不知道他從哪邊學來的，他也許到圖書館翻書，也許上網搜尋資料，我只確定那些紙條必然是被父親好好閱讀，就像情書一般，留在了他的抽屜裡。父親還在陽台上編了一整片塑膠藤編底墊，那是趁著手工編織流行，自己戴著老花眼鏡，一邊看HBO，一邊編織巨大的網，承載著那些香草植物們。

他遠比我想像的還擅長於這些細小的手工活。

芸香種了一年，家中再也沒見過蚊子。下班後母親轉述父親在某個夜裡曾說：「都用不到電蚊拍了。」

「你和你爸的感情比較好，就算沒說什麼話。」母親吃味地說。

有時我更覺得自己像父親的女兒。

進房間時，枕頭棉被被父親重整理了一遍，衣服被他掛上衣架，垃圾桶裡的垃圾被清空，那原是有著日拋眼鏡盒、保養品外包裝、推開眉筆暈成黑黑的面紙。面對這些垃圾，他再也不說「太香了，小心被盯上」這樣的話，只是不動聲色地把一個他不甚理解的房間，還原成一個乾淨而有秩序的宇宙。

父親是沉默的。

他從城市中心離開，到了邊緣，又走回城市，回到家裡。就像他在我的生命裡出現，遠離，現在又回來了。儘管我們已經遺忘了怎麼口頭交談，但就像螞蟻一樣，在彼此留下的線索裡接頭，交換訊息，確認彼此存在。

最近拜訪親友時，年近三十的我總會被問到結婚生子之事。正當我啞然不知做何回應時，父親就會用一種吊兒郎當的口氣，擋掉我不知道該怎麼替父親轉圜的社會眼光：「他啊，只喜歡自由自在地過，誰跟他在一起誰倒楣。」

父親自己很懂得怎麼用浪蕩公子哥的態度，滑膩地在各種壓力下閃身而過。

電影《蟻人》中，男主角的女兒遭挾持，他穿起蟻人裝束，縮成米粒大小，在女兒臥房裡和壞人拚鬥。兩人站上行駛中的火車，神力般抓起車廂互砸，以雷射死光互相射擊，驚險宛如西部牛仔片的場面；鏡頭一拉遠，女兒站在門口疑惑不解地看著玩具軌道上一道道像是LED的光彼此閃爍，突然一個東西飛到窗檯上——父親沒事吧——原來，只是一節湯瑪士小火車的車廂。

板模、植物、垃圾、衣物、保養品，從城市到我房裡潛移默化的宇宙，都是父親和世界拚鬥的過程。

我突然理解多年前那句「啊，錯過了啊」的意思，父親始終與我保持一種親暱的距離感——他背著巨大的包袱，放任我在他構築好的領域外探索，但最終回首，動動觸鬚，還是找得到那條，只有我和他才嗅得到的隱形軌道。

原載二〇一五年十一月二十三日《自由時報》副刊

第十一屆林榮三文學獎散文獎三獎

魔山

黃文鉅

一九八二年生，新竹人。政治大學中文所碩士，台文所博士班肄業。作品曾獲文學獎若干、入選年度散文選、年度詩選。著有散文集《感情用事》。

過氣殭屍片與錢小豪的男兒淚

永遠的伏鬼道士林正英和他的徒弟許冠英，相繼在一九九七、二〇一一年辭世。近年切換電影台頻道，仍會看見《暫時停止呼吸》的鐵三角：九叔，文才，秋生，熟悉的人鬼爭迭片段輪迴播送，彷彿死者不曾離開。如今，只剩下秋生（錢小豪）唱獨角戲。睽違多年後，五十歲的他，偕導演麥浚龍藉故事新編的電影《殭屍》捲土重來，有意無意寄託了微言大義：過往驚悚片最恐怖的是鬼魅、妖精或殭屍，現代驚悚片最恐怖的，其，實，是，人。而錢小豪幾近自傳式的入戲，究竟居心何抱？

宣傳片段裡，當年二十出頭的俊俏書生早已形銷，鬍渣攀纏，徒剩滄桑、暗沉、憊懶的熟男面龐。不純然因為造形的緣故吧。眼角細紋仍舊雕有桃花，可惜軟爛了。半裸的肉體，不訴求精赤陽剛，任小腹積圈著微微的脂肪。堂堂小生淪成了狼狽大叔。明星光環早已不再，幾年前又爆發偷拍底褲的性醜聞。該說時運不濟嗎。他的存在，具有某種遲到的現代性傷感，像堆沙成塔的光陰黑洞中翻看老照片，沙被篩落時，照片中的物事不經意在太陽底下裸露著光暈的毛邊，澀澀亦色色，牽一沙便節節塔潰。

物是人非萬事休矣。我也曾經欣賞過他。

受訪時，他照舊操著港腔國語，嘆氣。當年一起在電影界拚搏的同儕，接二連三奔向演藝生涯的高峰（比如張曼玉、劉德華），唯獨他，遁入深海龍宮的浦島太郎般在廢墟踏步。別人除了演技大突破，國語精益標準，容貌更是凍齡保鮮——看看張曼玉、劉德華始終駐顏有術——而錢小豪他，究竟是武打演技愁無進展，或是耽於虛名一晌貪歡呢？

總之翩翩飛黃的色彩後來未再臨幸他。

山中七日，世已千年。錢小豪哀悼的恐怕不單是人間寥落的窘況。乃是早期香港電影產業（尤其殭屍片）的宣告敗部，正式邁往另一場好萊塢化的全新紀元。香港九七大限已過，還要面臨多少汰舊換新的生態。在那個所在，所有畫面都被眩眼聲光數位化，無須過多演技穿鑿，只需要行銷與包裝，猛藥、催情和特效。京華煙雲，再不見殭屍蹦跳，道士只能乾瞪眼發愁。取而代之的是生化病毒後遺症的西式殭屍。惡靈古堡，陰屍路。浩劫重生。又或者吸血鬼住在隔壁。暮光之城。一把槍一把刀，人人都可奮勇殺鬼打怪搶救全宇宙。正所謂暴力血腥稱王道，身首四異家常飯。

電影橋段裡，錢小豪一如現實落寞地，選在破敗大樓（出過命案鬧過鬼）的廢棄空屋，上吊自盡。斷氣前，繁華虛境滑盡眼前，淚光閃閃落下，停格，放大，那些年一起跑龍套的無名小卒們，一個個以超級國際巨星之姿，躍登好萊塢市場，並在俗氣的漢名之外，取了梅姬，安迪，傑克，湯尼之類殊不知更加俗氣的英文名。

一滴男兒淚，折射整片過氣酸臭的海洋——

錢小豪哀悼的或許是，他自己，居然，成了癱立在棺槨裡的老殭屍，在原地咚咚跳啊跳，暫時停止呼吸的同時，光陰也戛然喊停。他一直在枯等著誰，來幫他撕去額前自暴自棄的黃紙符。

暫時停止呼吸。鬼何寥落，竟也沒有人來。

盆地魔山與不中用的我

當年，我們是同個指導教授的同門師兄妹。學院掩藏太多不為人知的困境和苦悶，我們這世代老被前輩戲稱草莓族。當年，少子化和流浪教師、流浪碩博士的議題早已炒作沸騰。前輩們有了身分地位、不愁下半生飄零無依，卻撻伐我們這些同樣渴望透過教育來階級流動的晚輩們。大家身處同一條船上，歷史共業(其實用「失業」比較恰當)的現實，卻由我們一肩扛——繼往比較難還是開來比較難呢?究竟誰才是草莓族我忍不住懷疑。新一代知識分子高學歷高失業的處境艱難，全然不亞於殭屍族群的瀕危絕滅。

梅姬師範畢業，是有證照的高中教師。代課多年考不上正式，幾度落榜，莫名其妙考上研究所姑且先念了。家道艱困，開銷一應自行負擔。她用筆名寫言情小說賺外快。兼家教。從沒放棄過教師甄試。每年連考十幾間學校，南北跑透透全落榜，比大樂透槓龜還心灰意冷。我無謂地說：也只能認命啊，我們這一代的人註定是垮掉的、衰小庶格之命。

大學時期我修教育學程半途而廢，後悔極了。念研究所時期彈盡糧絕，索性流浪在各校兼課，得不到正宮的名分和待遇，一樣的鐘點一樣的課後服務(傳道授業解惑，外加永遠改不完的可怕作文)，薪水微薄得不成比例。後來重新考上教育學程，卻為了能跟遠距戀愛的對象常相左右而再度放棄。

倘若當時自私一點的話就好了。人往往在最銷魂的當口暈頭轉向失了理智，那必然是痴心絕對的。誰能料想，後來慘遭對方惡意的離棄。就這樣子被甩在一個陽光燦爛的日子，煙花三月，清晨靜默的校園樹蔭下，早熟的蟬剛開始騷動，我坐在車裡，清楚聆聽彼此不安的喘息聲，那話語一脫口便像黑狗血遍灑渾身，冷而腥黏。對方不由分說逼我走，我不能挽留，沒有權利，我失格，我下作，我全身發抖，哪怕對方多次欺瞞、企圖出軌，事後一再乞求原諒，我心軟應允了，到頭來才明白，心軟的人永遠是死得最徹底的那一個(倘若當時自私一點的話就好了)。我推開車門，聽見後方傳來隱約的聲音……「對不起，我想去過更好的人生……」，光明正大地。那幾枚漢字情同世上最齷齪的髒話，吐在我臉頰，怎麼擦也不乾淨……

我和梅姬是夜遊良伴，常流連在深夜的大學操場，或者鎮上唯一一間KTV的陰暗包廂。那些地方擁有揮霍無盡的青春和汗水，深情與絕情的嘶吼，無數競技及姿態被大肆展現。梅姬曾脫口問我，「你小時候喜歡玩躲避球嗎？」我說我只喜歡獨立運動，沒什麼存在感的人不擅長融入群體。真的，我只要和人過度親密就會出事。就像是高密度的中子星，任何物體一旦接觸中子星，表面重力將會倍速加乘，產生嚴重核爆。

她問，「當球迎面飛擊的當下，究竟是穩住腳跟接球的人比較厲害，還是在球快觸身之時像兔子輕巧躲開的人？」想不起我回答她什麼，只記得涎著臉隨意開起黃腔（想來我是如此無恥）。那個節骨眼，我從沒正視過身邊日常的裂縫，以致於她曾在電話若有似無的暗示也沒當一回事（我畢竟只是個連冠冕堂皇理由都沒被告知，就毫無預警被甩掉的廢品）。

深夜包廂，不是情人的兩人高唱情歌，一首飆過一首，好像對彼此唱出了什麼，又彷彿什麼都沒唱出口。梅姬唱歌總喜歡開迴音效果，我相反。我戒慎凡事留有餘韻，它讓人萌生某種死裡逃生的驚惶。畢竟太年輕了呀，光陰啊死亡啊憂愁啊還有段距離不是嗎。直到我被別人真心誠意地甩開，才慢慢發覺，梅姬是認真的。她早已先我一步在思考人生的殘酷奧義了。

「如果是我，我會去接球，不接到死也不甘心。」那時她這樣說。

如果換作我，會毫不猶豫用最快的速度躲開。我再也不願讓任何人在我的星球上核爆。

《魔山2：隔山有眼》是我和梅姬唯一一起看過的電影。這部系列電影的情節設定裡，最懦弱無能、最被瞧不起的人將成為倖存者。第一集主角是個老被岳父看扁的窮酸女婿；第二集主角是生性保守被同儕譏諷為娘炮、膽小鬼的美國大兵。他們普遍氣弱、神經質、唯唯諾諾，竟是恐怖故事結局唯一的生還者。《魔山2》有句宣傳語：「運氣好，才能好死。」反觀那些坐擁技能自恃甚高的強者，最後慘遭凌遲，成為斷肢殘體。對手並非鬼怪妖魔，而是遭受生化武器畸變的半人怪，嚴格說來，算是隨機行動的殭屍。

梅姬那時對我說，做人啊賴活不如好死。我不疑有他。至今我仍摸不透，當初怎會去看驚悚片而非喜劇片。她說她膽大，我們就衝了。她的膽大讓她義無反顧說出某些哲學式的話語，促使我下意識躲開。劍及履及。不知偶然或刻意，梅姬不久後搬離盆地，返回故鄉代課。我們的防線只剩臉書上頭亦莊亦諧的虛幌。誰都沒有再提問。再後來，她交了男友。自她遷離，整座盆地我便親友曠絕了。而我始終戍守著胸坎這顆中子星，懦弱，苟活。

梅姬後來發生許多事我無從聞問。她身旁已有了人，不再適合曖昧的關係。最後一次通話，在二〇一〇年底。她回盆地和指導教授商討論文，我返鄉度假，恰恰錯身。她在話筒彼端啜泣：「我沒有救了，連老師都不理我了……」教甄失利、論文瓶頸、經濟壓力，她百般想奔逃，奈何卻又痴迷繞回這座魔山來。我語拙安慰，承諾幫忙看論文，提供修改意見。掛線前她說：「誰都救不了我。我再也考不上正式老師，論文也寫不出來了。」我把心一橫說：「寫不出來就不要寫了，把論文丟掉吧，既然這麼痛苦，這學位不要也罷。不用怕我幫你去向老師說。」她說，「不管怎樣我都想試著把球接住，我不想當膽小鬼。」我聽者有心，中了一箭。是啊原來我才是懦夫。

隔天我收到她寄來的伊媚兒，信中寂寥，僅僅一夾帶檔。印出來幾萬字好肥厚。當時我深陷感情泥淖外加期末論文地獄，整疊擱在手邊，一時忘了。

秋去冬來。年初二，消息一來即是報喪。套句她生前最愛開的玩笑，整個砍掉重練去了。她留下幾封遺書在桌上。沒有半封給我。

如果，她撥電話的那天我在魔山入口，結局會否轉圜？

在她最慘的時節，我正面臨被一個人惡意離棄、最苦澀的時候，我不是不曾想過自戕。那段時日我被玩弄到天翻地覆的窘境，退無可退，一級一級墜敗到沒有光的所在，從塵埃裡也無能像張愛玲開出半朵像樣的花朵來。白日裡我維持著快要精神萎謝的邊緣，不苟言笑。無人察覺。肉體或精神的崩潰，自古以來永遠是獨自擔綱的戲。一次否定，兩次否定，我不信邪，選擇原諒，一次爭執，兩次欺騙，並沒有負負得正的圓滿。我不是沒有抗壓力的爛草莓，也不是痴情良深的賈寶玉，真的不是。我只是胸有不甘，何以一個人可以玩弄另一個人至如斯惡劣的地步，憑什麼！那像韓劇一樣匪夷所思的劇情居然上演了！

我可以不崩潰嗎？沒骨氣又不中用的我可以嗎？被挑斷筋脈，武功全失的人，可以繼續在這個世界坦然活下去嗎？我荒廢了博士班前兩年的學業，蕩日廢時耗盡力氣在一個人身上，一無作為，到最後對方迂迴輾轉宛如魔術師，翻江倒海顛倒眾生，春水波瀾之後，便杳如黃鶴溜煙，去過那所謂更好的人生。

與其說我痛，不如說覺得糗。糗斃了。

以致於我常跟梅姬說，哪天想不開我便去燒炭了。她總是露出納悶的表情笑我，以為我要白爛。炭呢，確實囤了好幾包，始終僥倖沒燒。梅姬反而捷足先登走了，她一個人進魔山去幹嘛呢，明明是一起去看的電影，哎，怎不順便揪個去死去死團咧。真他媽的不講義氣。

告別式後，輾轉從她親友口中得知，臨死前，她罹患重度憂鬱不可自拔（恐怕我也難分軒輊了吧）。她的病況我略知一二，殊不知已入膏肓。其實，早在入魔山的那刻，我們就宣告了分道揚鑣各走各路。性格決定命運，誰能在殺鬼打怪的過程中殘存下來呢（哪怕愛情也不例外啊）。我心知肚明，她壓根是神風特攻隊轉世。

梅姬這回不僅僅是搬離盆地而已。

深夜警衛室遇見過氣老殭屍

賴香吟曾在散文裡寫道（大意約莫是），一個人在歷經感情挫敗、行到中年之後，究竟該去哪裡找一個清清白白的人，談一場乾乾淨淨的戀愛？我仍記得當時讀到這段話的震撼和痛楚。從魔山歷劫歸來後，我沒有變勇敢，反而心折骨驚。博士班生涯一如預期後繼無力，在洪仲丘案爆發、群情激憤的那個月，我休了學，入伍服役。

成功嶺新訓就像魔山歷險，所有豺狼虎豹都在僵固的體制牢籠守候。下單位分發到故鄉山區的小學。家人獲悉我夜夜獨守空校，緊張兮兮。你不怕鬧鬼嗎。我不怕鬼我不怕。我比較怕那些會傷害人的人。我害怕整座小鎮的人都死去變殭屍流竄，倖存者自相殘殺，搬演魔山的戲碼——倘若，是我自己死去變成殭屍出來害人？

分發到小學，人皆曰爽兵。相較國軍輕鬆，然則按表操課，禁錮不改其實。你讀過傅柯關於規訓與懲戒的論點嗎。體制和權力系出同源，歧視，壓抑和變異無所不在……梅姬早已人亡屍毀，心頭魔山猶在，離離原上草，我困守在小小校園，一夕一枯榮。好極了，我很開心我有被虐的潛力。在這裡完全無須運轉腦袋。狼狽是一種活，無動於衷也是。

偏鄉孩童純樸，一開始喚我教官，累月後改叫大葛格。有的叫薯叔（一把年紀才來當兵，我不以為忤)。體育課，一伙小鬼頭打躲避球，在四方格裡亂亂竄，罕有人撲面迎球。面臨傷害或危機，逃避不是本能？梅姬不然，她直面創傷。人類是否真可以坦然面對被愛而後遭棄的現實？

儼然，我是過氣的鬼片武星錢小豪。服役宛如墜落陰曹，無論於陽世承受多少痴情苦楚，都得在凝固的時間黑洞再修煉一回。愛過的人說走就走，在其公領域飛黃騰達。眼看博士班同儕相繼突飛猛進，唯獨自己在原地踏步。深夜的警衛室啊度日如年。我始終沒有遇見鬼。梅姬從不曾託夢。

某天，飲水機的管線不知不覺爆裂，腳下水流漫漫，覺得冷，想抽回，眼見門縫洩出大水。警衛室瞬間被淹沒，嘩嘩水患不絕，我怔愣，如夢魘如蜃影侵身。在這樣的瞬刻，我魔幻寫實地惦記起梅姬的嗓音，那多首飄搖欲墜的情歌旋律。以及告別式上，她平躺在棺槨視死如歸的倔強神情，「如果是我，我會去接球，不接到死也不甘心。」

我是否也能學你，接住世間變幻無常的躲避球？所謂的魔山，會不會根本就是一齣試膽的空城計？

警衛室迷茫似汪洋。夜深無援，一個伴也沒。浦島太郎要下海了嗎。朦朧恍惚間，我致電老爸，央他開車載來拖把掃具。梅姬肯定會笑說，都一把年紀了還向爸媽討拖把窘翻了。她死後，願意真心對我的人絕跡了。魔山蟄居十年，生命整整三分之一，我接二連三被否定。我太醜嗎？我太軟弱？我沒有愛人與被愛的資格？我沒有權利享受幸福？被劈腿可以是一種否定嗎？否定如果成立一種美學，我鐵定鶴立雞群。

兩老步入寒傖的警衛室，頻皺眉，那皺意不光因為水深及踝，恐怕感慨老大不小的兒子一事無成前途堪慮吧。我的軟弱畢露無疑。母親鎮靜追索，有對象了嗎，退伍後考慮成家嗎。我說，誰會想嫁給我這種人呢。你們又沒留給我股票土地房產車子。兩老木然。荊棘話語刺己傷人。你們走吧別再降臨中子星了。為了貪圖耳根清靜，兩敗俱傷。

那場突如其來的水患，是徵兆。《素問》有陰陽五行相生相剋之說，「更貴更賤，以知生死，以決成敗。」魔山從沒乾過。照理土該剋水，我居山高卻命帶低水。眼淚一干傷心事從未斷絕。回到素以九降風聞名的故鄉，照理說不該那麼濕。我卻把經年月久的魔山沼氣搬移歸來。註定要和這個家族格格不入。

「運氣好，才能好死。」我恆常在深夜警衛室，思忖梅姬是否已投胎轉世、重新做人。活過半百，再回首，我遲早也會詠懷魔山凋零的老搭檔嗎？

淪成癱立棺槨的老殭屍，在原地咚咚跳啊跳，暫時停止呼吸的同時，光陰戛然喊停。其實我也一直在枯等著誰，來幫我撕去額前自暴自棄的黃紙符。

人何寥落。腳下水患成河。爸媽拎著拖把蹣跚離去。
再也遇不見像梅姬那樣的人了。我好想你。

原載二〇一五年五月二十五日《聯合報》副刊

七、七

羅毓嘉

一九八五年生，建國中學紅樓詩社出身，政治大學新聞系畢業，台灣大學新聞研究所碩士。現於資本市場討生活，頭不頂天，腳不著地，所以寫字。曾獲中國時報人間新人獎。作品散見於各報副刊，並曾數度選入年度《臺灣詩選》、九歌《年度散文選》，以及《台灣七年級新詩金典》等。最新作品為散文集《天黑的日子你是爐火》、詩集《我只能死一次而已，像那天》。部落格：yclou.blogspot.com

神明業已覆滅，而百鬼正狂歡。在一座吃人的島嶼她叫台灣。這樣的年頭關於你們七，將如何為後代所述，正好就是此刻的故事。

接下來是你們七的事了。它有許多種說法，各種精確各種失焦。都不喜歡被當成英雄。或許他們會說你們七是英雄但你們其實不是。

世間許多說法。怪力亂神的語言統包小包，太陽花三一八意象符指雞排妹都變成裝飾自己身上的好料。你們七當然不會指的是七個人，或許更多，更多人以為自己才剛給上個世代做了頭七，二七，三七，四七，五七，六七。七七四九摺完了蓮花，還沒死絕的也該燒光了吧，卻並不是，有人巴不得的要弒君殺神同時反死刑，都好。都很好。打卡下班上傳LINE問說今天樂透買了沒。簽一一二九啊，簽了就知不會中。沒大不了。

人死後四十九日，三魂七魄俱已湮滅不再。直至百日還在你們香堂頂禮的煙渺啊，求的不知是什麼。

世代靈魂的遺產遺緒遺物都在了，掃不清的說不完了理不整的那些。七年零班那人今年已卅五了，該死，該死。老得該死的皺紋露出來的輕熟女，幹，怎麼不把你一齊給燒了？黐線啊你，頭上敲出一個老大爆栗關於七你們有許多的說法。你們七辦了百日要請走老世代的靈魂煙灰，怎麼還沒又一個百日，什麼都回來了。

關於你們七有很多的說法。你們七，當然不是七個人。平常走進健身房那人，不知道長時間練出來的臂膀可以用來推扛警察的拒馬。只是小心別被倒鉤扯傷。扯傷了就會有男護理人員來給你包紮。挺好的，護理人員不再是女性獨大了，你們七。但更想不到的是都二十一世紀過了十五年怎麼還會有水車攻擊抗議群眾的戲碼，你們七的其中一個，早晨才拿了本散文集給作者簽了名，在水槍底下的帆布包自然抵禦不住，那書便爛了。爛得像一個隱喻，「文字，無法抵禦暴力。」幹你媽的誰知道啊！鬼正狂歡，究竟是誰要出來選二〇一六，希拉蕊·柯林頓！另一廂也喊中華民國第一個女總統！台灣女總統！那廂呢，白副總統和沒有敵人的院長也暗自盤算，攤牌時間誰也抓不準。

莫再算，莫再算，算盡機關太聰明的就是王熙鳳。

好了好了可以請鳳姐兒下去了。退！

你們七。很多人靠爸靠母念到建中北一女台大，還有的放洋了。有人變成外商銀行卅年來最年輕分行經理，還有個在國際零售巨擘來台展店計畫中，占據專案經理要職。還有幾個，下了班寫寫詩喝幾杯酒掉無人憐憫的眼淚。都好。他們一個個，一種七。頂尖七。氣死人七。但不要緊。只要他們失戀還會哭，看一場舞仍會感動，就是你們七。

解放乳頭七。彩虹七，永遠不怕超越疆界或說他們的疆界是浮動的。曾經是陽剛男同志的下一秒鐘就是扮裝仙子「Alcoholic—MAKE—UP」，然後原本面容冷酷的鐵T突然換上彩虹蓬蓬裙跳起蔡依林，嚇壞一屋子人的下巴，「怎樣，不可以嗎？」你覺得她突然變得好美。露出乳頭又何妨，「無垢舞蹈劇場」都已經解放乳頭解放了二十年，你們七這才看見典範在夙昔並非毀祖滅宗就會有大解答從屍身中站起。很好。其實就是好玩。好玩的時候「忍住不笑，就會出現莊嚴氣氛」對不起鯨向海你不是七了，姑且稱為，榮譽七吧。

流浪人七。因家有變故突然離散了台北，回到中和嘉義中壢台東花蓮的七們，你們比喻人生如一趟旅程，讓張懸七祝福你旅程中的幻覺與沿途的平安。時代是候鳥的遷徙，又彷彿是旅鼠們的大行軍——並不一定會有安穩終點的，那種死。也好。勇氣是壯遊唯一需要的品質嗎？為他們七帶回來捨棄的勇氣，因此你們七要活著回來。給你們活的擁抱，然後再把這些都傳承下去。

纏綿的人生七啊，難捨的愛。浪人七。

便利商店七是最值得敬佩的一群七。你們七啊三頭六臂，化身DAIKIN拖把的七隻腳走來走去免得店裡給雨後的泥汙踩髒了你們是最勤奮的一群。補貨進貨結帳煮咖啡倒冰淇淋收快遞餐務區清潔工作都是你們一群七。通才教育就是這樣了可惜就沒人明白，吾少也賤，故多能鄙事，大概就是這樣道理。吹著泡泡糖的少年想轉工，打聽的時候，朋友說你們店裡有人上打烊班，倒炸油的時候不小心在廚房裡滑倒了你知道，那鍋，可滾燙的啊……另一廂，壓低了聲音的像傳遞一個祕密，不要吃你們家的泡菜了進貨的時候，整袋像扔死屍垃圾一樣的摔在廚房裡……還有某連鎖咖啡店，冰櫃裡的糕點越是稱「好吃喔」越近保存期限……零工七。同樣的哀愁。

是覺得孔夫子那句話該換一換——子曰，吾少多能鄙事，故賤。

你做過很多份打工，才知道這世界真的很賤。

二十一世紀過到第十五年，你們二十世紀七少年都已長大成人。

二十世紀七少年有的上班了，創業了，自食其力開了咖啡館在商業區背後的羊腸小巷，有的再念了第二第三個碩士，有的呢，兼作手工小玩意兒在咖啡館跟創意市集兜賣。更多的，則在商業大樓裡上班上網上Facebook，上得爽快，上得憤怒。想到這些為什麼不公平，台北房價高了又高，香港也是，殺到見骨了你們還要活幾輩子才能買得起住得進。可你們七，每個七，生來只有一輩子。

索性收工等車。敦北仁愛站牌那有不少人。七又想了想，那多年前許下去心願的現代詩劇要怎麼開頭。一會兒，七個顏色各異的娃，嘻嘻笑笑好不快活絡繹，想來是對面小學走出來的吧。而他們的父母自然形貌各異，卻都大抵是都會中產階級的伴侶，除了一對讓兩個媽咪接走的小男孩。

還有個娃，上了保時捷。

你想，他們這在以後的台灣，成長，茁壯，然後誤入歧途。想著就感覺，很好。

七個娃兒會是七種可能嗎，或者更多。你不知道你當然不會知道他們如此同一的背景，能夠開出多麼相異的花嗎？曾有一個豪門七，她被派駐到香港某公司的策略營運室做總監了。她說，其實沒什麼好，賺得多，回到公寓，還是想吃金鋒滷肉飯。

魯蛇七們這可跳腳了。滷肉飯是魯蛇的食物。你們要捍衛。捍衛。無限期支持！拆大巨蛋，在文化公園裡吃滷肉飯。

突然頂尖七走過來，說，這假文創的大樓還需要什麼更多百貨公司呢？設幾條腳踏車道不是很好，設幾個狗貓公園，不是也很好。能看到天空的地方就不需要大巨蛋的遮蔭了不是嗎。魯蛇七說，可沒有腳踏車。也沒有犬貓。頂尖七說，幾個獸醫院串聯起來，可以做TNR的，歡迎大家一起來。以領養替代購買。你們七一起。車？去牽U Bike啊，都有繳稅了。

還有虔誠七，走保安宮去，領受保生大帝神農大帝關聖帝君玄天上帝和大雄寶殿三尊、玉皇大帝瑤池金母的多元成家，頂好的。其實多元成家——誰說佛道神明不能成家的呢？那宮頂白亮亮的光色卻又謙卑，照了水泥的宮頂寶塔雕塑莊嚴而不威逼。禽鳥降落在你七的身邊，往水盆裡銜兩口水，撲撲飛了又走。走遠些啊。別再回到這世道來，七的世道。祈願保生大帝令你們的時代能有一次莊嚴的修復。只要你們七。共同起來。面對前方。岐黃醫者治癒這一切時代騙術。卻又偶遇虔誠七在地藏王尊下遇得手臂粗猛男士口中經綸連綿不絕，好奇虔誠七便問，「有什麼是我你可以幫你的呢？」那手臂粗猛男士竟有過世朋友令他哭泣不能自已，好了，好了，你在，你們七都在……

在這樣一座島嶼上，你們七，總是活著，希望能得到快樂，一顆熾熱如熔岩的心落入魁偉的冰棚，無法分辨那空洞的疼，是灼傷了還是凍出了黑紫的傷痕。

經過這些年，你們七長大了。

長大，僅意味著你懂得了人生活到這個歲數，其中必然有些時間已被報廢。

夕陽從冷澈天空沉入地平線，眼底有些乾涸。乘上了對向列車，回頭，晴爽的天空中沒有一片雲，金星在冰藍天際熠熠如鑽石。列車又即將回入內湖城區你們七閉上眼睛，曾經以為，那年即使二十歲少年回答了不同的答案，但再怎麼伸出手去，也沒辦法抓住那遙遠的星辰。

可現下少年七你想，還來得及的啊。

即使鬼正狂歡，神明業已覆滅，這島嶼叫台灣一度吃人。可台灣亦孕養了你們各式各樣的七，等著你們七改變它的未來用各樣的方式語言行動挖掘最深的坑道。焚燒百日維新的證據，並期待一個更好的解答。你們七知道，在你們手上，民主不是婉君，是邏輯與是非的戰鬥。

誰幹得好，就使盡力氣拱上去，幹不好，就拉下來。
你們七不再迷惑了。漸漸無須迷惑了。這座島嶼她的名字叫台灣。
台灣就是你們七的母親。

原載二〇一五年五月二十日《聯合報》副刊

往事如菸

陳柔縉

台灣大學法律系司法組畢業，曾任記者，現為知名專欄作家，專事歷史寫作。主要著作有《總統的親戚》（一九九九）、《台灣西方文明初體驗》（二〇〇五，榮獲聯合報非文學類十大好書、新聞局最佳人文圖書金鼎獎）、《宮前町九十番地》（二〇〇六，榮獲中國時報開卷中文創作類十大好書）、《人人身上都是一個時代》（二〇〇九，獲頒新聞局非文學類圖書金鼎獎）、《台灣幸福百事：你想不到的第一次》（二〇一一）、《舊日時光》（二〇一二）、《榮町少年走天下：羅福全回憶錄》（二〇一三）、《廣告表示：——。老牌子・時髦貨・推銷術，從日本時代廣告看見台灣的摩登生活》（二〇一五）等。

台灣人抽菸已經好幾百年了。十六世紀，航過島嶼南邊海域的歐洲船，讓原住民見識了吞雲吐霧之妙。原住民開始種菸葉，乾燥後細碎成菸絲，也會雕刻竹根，做成菸斗。

現代式的小盒裝紙卷香菸就來得晚了。即便是日本，遲至一八九一年才有村井兄弟商會率先國產。

一八九五年後，台灣進入日本統治，初期因香菸尚未被官方收為專賣，民間公司大做宣傳，有一段香菸廣告的繁華期。村井兄弟商會正是其中的大戶。特別是創辦人村井吉兵衛曾去過美國，採購菸草原料之外，也見識了洋人的包裝宣傳。

村井吉兵衛脫開和風，走國際路線，菸盒裡裡外外都寫英文，給香菸取的名字也都是HERO（英雄）、SUN-RISE（日升）、HONEY（親愛的）、HOME（家）、LUCK（幸運），而不是其他日本牌子起用的「白牡丹」、「菊世界」、「羽衣」（天上仙女所穿衣服）。而且，村井兄弟的廣告登得頻繁，包裝圖案直貼上去，在文字居多的報紙廣告版裡，彷彿綠地長出的一朵紅花，假裝沒瞥到都不行。

日治初期，不只有村井兄弟這類日製洋風香菸，美國的純洋菸也進口台灣。清代以來島內加工製造的絲菸大受打擊。大稻埕與艋舺原本有十幾家商店，販賣「金麒麟」、「石麟」等牌子的香菸，此時被擠出城區市場，只剩山間村莊的人抽絲菸了。台灣人菸商發展已到強弩之末，一九〇四年便有人突破重圍，轉做紙卷的現代香菸。

但一九〇四、〇五年，日本本土與台灣接連實施專賣，菸草王如村井吉兵衛者，都必須拿補償金走人，一般民間的香菸廠當然也沒戲唱了。台灣的香菸全部改由總督府專賣局進口與生產；現在大家講得很順口的「松菸」（松山菸廠），就是專賣後的產物。

日本時代，專賣局販售許多不同牌子的香菸，以三〇年代來說，台灣本地生產的以「RED」（紅）最暢銷，日本進口的屬「敷島」最受歡迎。一九三二年，曾有一款日本製的婦人菸草「麗」輸入，唸音近似中文的「烏拉拉」，特別在舞廳、酒樓、咖啡館設櫃販賣，直攻時髦尖端的女性。一九三五年，台灣專賣局推出的「曙」，也成市場新星，一包十支香菸，只花十錢。一九四一年的新品「白鷺」，則要兩倍錢，難怪前輩小說家葉石濤曾說，白鷺「在日本時代是最高級的」。

葉石濤於戰爭末期當二等兵，在部隊長旁邊供差遣。他曾藉口部隊長要喝紅茶需要糖，向倉庫領出一斤糖。糖珍貴如黃金，他拿到雜貨店換「很多的香菸」，回來「就躲在房間裡抽，快樂得很」。

當我幫著葉石濤偷偷痛快的時候，似乎也感覺到背後有董氏基金會硬著唇、皺著眉、搖著頭。

香菸在日本時代的地位，恐怕讓董氏基金會更頭疼。一八九九年底，歲暮時節，廣告說，香菸是送給「貴顯紳士」的最佳過年禮物。戰前，台灣男士踏進理髮廳，也會被獻上一根菸。

今天的台北火車站前、館前路口，一九〇八年出現一棟紅磚歐風建築「台灣鐵道旅館」，經營手法一概西式，一樓配置幾個休閒空間，除了讀書室、撞球室，還有比讀書室大的「喫煙室」，讓男士們抽菸、應酬、好說話。

台北中山北路上的國賓飯店，英文名卻是「大使旅館」(Ambassador Hotel)，看來是創辦人黃朝琴對自己年輕外交官生涯的寄情，曾任台北市長和台灣省議長的榮光，似乎遠遠不及。

戰前，黃朝琴離開台南鹽水家鄉，丟了日本國籍，成為中華民國的外交官。黃朝琴是富公子，外交部裡的長官對他說「你的派頭比我大」，把銀質香菸盒送給他。結果，長官遇到重要外交場合，又反過來跟他「借用」銀菸盒。

銀菸盒裡，裝的當然是香菸，外交官秀出銀菸盒，彰顯身分，但接下來真正要緊的是掀開盒子、遞菸，使香菸像繩圈，丟出去綁住眼前的這個人，往自己拉近。

現在愛菸家猶如過街老鼠，戰前的香菸可大大不同，他像走在老虎左後方一步的狐狸，仗著紳士掐捏在指間，被稱為「社交の王座」，頗為威風。不過，日本時代其實也早知道吸菸有害健康，也禁止未成年人吸菸。衝著這一點，董氏基金會或許可以鬆一下眉頭了。

原載二〇一五年四月八日《中國時報》人間副刊

本文收錄於《廣告表示：——。老牌子・時髦貨・推銷術，從日本時代廣告看見台灣的摩登生活》（麥田，二〇一五）

記得當年花爛漫

施淑

出生於彰化縣鹿港鎮，台灣大學中國文學研究所碩士，曾任教於淡江大學中文系，現為淡江大學榮譽教授。研究及教學領域為中國現當代小說、台灣文學、文學理論及文學批評。出版著作有《大陸新時期文學概觀》、《中國古典詩學論稿》、《歷史與現實》、《文學星圖》等。

兩三個月前，葉嘉瑩老師在電話裡告訴我她新近寫的一首小詩：「天外從知別有天，人生雖短願無邊。枝頭秋老蟬遺蛻，水上歌傳火內蓮。」我一邊用筆記下，一邊不自禁地回到已經離我遠去的中國古典文學的，特別是葉老師的詩詞世界。

雖然念的是中文系，從大二開始，一路修過葉老師教的詩選、詞選、曲選、杜甫詩，多年來一直跟她保持聯繫，而且斷斷續續讀著她有關古典詩詞的論著，但因為舊學根基薄弱，加上天分個性的限制，我實際上是個不懂詩，更不會作詩的人。只不過因為幸運，葉老師或許覺得我孺子可教，就把我當成她的讀者，每有新作，常會在信中或電話裡告訴我，讓我成為她的閱聽對象，甚至於興起，還會寫詩詞送我。每當這樣的時候，她總會問我讀後的「高見」。開始時，我會不知天高地厚地憑著感覺和想像，把事實上從她那兒學來的讀詩的竅門，支離破碎地表白一番，她也大多容許我胡言亂語，放過我不會作詩，沒有能力應答她的詩作，頂多有時止不住要笑稱我說的盡是些「謬論」。逐漸地，現代文學研究讓我與傳統詩詞漸行漸遠，我也越來越失去班門弄斧的勇氣，加上她從加拿大不列顛哥倫比亞大學退休後，落腳天津南開大學，投入她念茲在茲的傳承中國古典文學和文化的工作，每年往返太平洋兩岸，四處講學。在她那不可思議的繁忙中，我也就少了跟她請教議論的機會，只能偶而在電話裡聆聽她以大家公認的美麗的聲音，念誦她新寫的詩詞。

儘管曾經不知天高地厚，從葉老師那兒我著實領受過她近作小詩裡「天外從知別有天」的震撼。一九六〇年代上大學時，正好趕上台灣現代主義文學的熱潮，那時我除了從台北牯嶺街舊書攤倖存的五四後作品，窺探戒嚴令下的文學史禁區，半夜三更心驚膽跳地抄寫魯迅的《野草》。另外就是不知饜足地讀著艱澀陌生，然而卻充滿挑戰和異樣魅力的西方現代文學理論和作品翻譯。就在那個時候，我讀到葉老師為周夢蝶《還魂草》寫的序，幾次跟同學到她家拜訪，聽她談起陳映真、白先勇、七等生，以及《現代文學》雜誌刊登的二十世紀西方文學大師作品。這著實讓我驚訝。因為我們印象中的葉老師好像只該以髮髻高梳和弱不禁風的身姿，走過教室長廊，翩然出現在她令人陶醉的詩詞解說和美麗的誦讀聲營造出來的中國古典世界，而不可能介入當年觀念中被看做專屬外文系的，貼滿所謂荒謬、疏離、叛逆等等標籤的現代主義文學領地。而這也讓我接著又發現葉老師原來還是個現代電影的大影迷，每當在她面前興奮地談到法國電影新潮、義大利新寫實主義，談到剛看過的費里尼、楚浮、路易．馬盧、黑澤明等等作品，她總是微笑地說她跟我們一樣都看過了，有時還會加入我們七嘴八舌的爭論，說說她的感受和看法。不久前，移居加拿大溫哥華的瘂弦先生，就曾在訪談中談起他在台北的電影院，看到葉老師獨自一人觀賞電影的情景。

就是在期待新的發現、新的驚喜的心情下，印象特別深刻的是有次葉老師帶我到圖書館找出《中國新文學大系》，讓我驚訝和激動地讀到〈天二哥〉、〈紅燈〉、〈蚯蚓們〉等被白色恐怖禁絕消音的臺靜農老師年輕時的小說創作。另一次是大四杜甫詩課堂上，在講完杜甫〈樂遊園歌〉感慨深長的結句：「此身飲罷無歸處，獨立蒼茫自咏詩」之後，葉老師突然從唐朝轉過身，在黑板上抄了一首沒有標題，沒有作者，只註明「近人作」的七言律詩：

> 慣于長夜過春時，挈婦將雛鬢有絲。夢裡依稀慈母淚，城頭變幻大王旗。
> 忍看朋輩成新鬼，怒向刀叢覓小詩。吟罷低眉無寫處，月光如水照緇衣。

這首讓我邊抄邊覺得怪異的詩篇，慣於講詩時跑野馬的葉老師卻異乎尋常的未多做講解，只教我們注意詩中的意象，比較詩末結句與千年前杜甫的感懷。而這首讓我直覺不尋常的、謎樣的「近人作」的詩篇，直到後來我到加拿大讀書，才在圖書館裡赫然發現是魯迅紀念一九三〇年代被國民黨虐殺的左翼作家柔石的詩。

直到這之前，直到我終於了解葉老師為什麼會在一九六〇年代台灣的課堂上突然抄寫魯迅這首意象陰森，語感淒厲的詩之前，我(相信也是聽過她的課的我們)都不知道經常披著她那身珠灰色的風衣，意態雍雅，神情自若地出現在校園和講台上的葉嘉瑩老師，竟然是一九五〇年代台灣白色恐怖的受害者。

到加拿大念書，再度受教葉老師門下，在異鄉異地，終於可以比較有機會接近感覺上總是跟人保持一定距離的她和她的生活天地，走進她的詩詞世界。

記得到溫哥華的那年冬天，正好趕上據說是當地多年難見的大雪。平生第一次看到下雪，看到溫哥華美麗的山水和童話般的房子構成的聖誕卡似的雪景，那興奮是永遠忘不了的。有一天就在大家忘乎所以的玩雪賞雪時，只有葉老師為她家院子裡那棵開了一樹粉紫花球的煙樹犯愁，親自拿了一根長竿，打掉積雪，搶救被雪壓彎的枝幹，過後還寫了兩首詩，請求中國神話的雪神「滕六」放過煙樹，詩的最後兩句是：「滕六儻存悲憫意，好留餘幹莫凋傷。」在詩詞中見慣春花秋月的描寫，大約會把這詩看做不過是傳統文人傷春悲秋的制式反應。但當我讀了那兩首詩，想到葉老師到那時為止半生的風風雨雨，讀了她剛到加拿大教書時寫的幾首詩，像〈異國〉裡為了擔負全家生計，不得不在無親無故的異地「忍吏為家甘受辱，寄人非故剩堪悲」。像〈鵬飛〉那首詩表現的，年輕時深受師長期許，在台灣上課時喜歡跑野馬，在詩歌中馳騁莊子鯤鵬寓言般的志意情感的她，一旦換了不是自己的語言，失去了熟悉的溝通的對象，面對的只是：「鵬飛誰與話雲程，失所今悲匍地行。北海南溟俱往事，一枝聊此託餘生。」我於是能體會她冒著大雪救煙樹的沉痛，了解她漂泊的生涯，她生命的挫傷。

大雪過後，溫哥華的花讓我知道什麼叫「春城無處不飛花」。首先是宿舍旁邊帶著殘雪的迎春，接著是草地畔冒出來的番紅花、西洋水仙，然後就是滿城的梨花、梅花、櫻花，還有我初識的辛夷、海棠以及叫不出名字的花樹。幾年後，我回台灣教書，葉老師寫了一首詞送我，回憶當年我纏著她開車帶我跑遍溫哥華大街小巷，一一教我認識對我來說那些只存在於詩詞中的花木。那首詞的開頭是：「記得當年花爛漫，長日驅車，直欲尋春遍。」多年後的現在再度想起當日情境，只記得那時繁花和葉老師的笑語似乎都化做一天花雨了。

葉老師愛花，但從不花花草草，不種花，也不讓人摘花。她之愛花，或許帶有生為女性的自我意識投射，但應該還來自她早年一篇討論〈幾首詠花的詩〉提到的：「花所予人的生命感最深切也最完整。」她年輕時有一首詞記述與大學知交聯床夜話，談到她要的人生是：「對酒已拚沉醉，看花直到飄零」，這固然是少年意氣，故作豪邁。但這種對生命對人生的深切、完整、絕對的期許和要求，除了使我想到她為什麼在講課、在文章裡，總是像布道者一樣熱切地宣揚古典詩詞中美好極致的感情和理想，還讓我記起一九六〇年代她還在台灣時，有次談話中曾提到在當年翻譯的現代小說中，她最喜歡的是卡夫卡的〈絕食的藝術家〉，接著又說，她認為能跟這篇小說的痛苦絕望比並的是俄國作家安德列夫的〈紅笑〉。這是我第一次聽到這個作家和這麼奇怪的篇名。幾年後，我從魯迅的文章讀到他把安德列夫、波特萊爾、王爾德放在一起，稱他們是「世紀末的果汁」，是五四後在黑暗中摸索的中國新文學作家的文學資源。

直到多年後，我終於找到〈紅笑〉，讀到這篇安德列夫一九〇四年以表現主義手法和斷章的形式呈現日俄戰爭中，人被逼到瘋狂分裂，最終陷入被紅色的笑圍困住的啟示錄式的中篇小說。我才恍然了悟，古典之外，年輕時期的葉老師原來已經以她的詩人的敏銳感知加上戰亂流離的現實經驗，探觸到安德列夫、卡夫卡式的現代美學的新維度，意識到〈紅笑〉、〈絕食的藝術家〉之類的現代生活的啟示錄了。而這或許可以解釋一九六〇年代台灣現代主義文藝風風火火地進行時，詩詞之外，葉老師為什麼會喜歡充滿現代人心靈災難的現代文學和電影，以至於閱讀和接受二十世紀西方文學理論，將它們融會到古典詩詞研究，寫出結合深厚的舊學功力和新批評的「細讀」的一些論文，像《李義山燕台四首》和探討吳文英詞的《拆碎七寶樓台》等至今無人能及的巨作，以及這次發表的，格局更大的《從西方文論與中國詩學談李商隱詩的詮釋與接受》。

記得當年花爛漫，我有幸成為葉嘉瑩老師的學生，年輕時節能在文學上蒙受她繁花似錦的古典的、現代的薰陶與沾溉，只不過我終於沒有能力進入她心血所在的古典詩詞研究的堂奧，而「誤入歧途」地走上現代文學研究的道路。而且就像她近作小詩裡說的：「水上歌傳火內蓮」，幾十年來我只能在現代文學的歧路花園裡，時不時地聆聽她以她的苦難生命印證著的，

《維摩詰經》所說「火中生蓮花，是可謂稀有」的人格境界的召喚。在葉老師的眾多門生中，我不願以異類自居，只敢說或許是她的教外別傳罷。

原載二〇一五年九月《印刻文學生活誌》第一四五期

電話！

宇文正

本名鄭瑜雯，福建林森人，東海大學中文系畢業、美國南加大東亞所碩士，現任聯合報副刊組主任。

著有短篇小說集《貓的年代》、《台北下雪了》、《幽室裡的愛情》、《台北卡農》；散文集《這是誰家的孩子》、《顛倒夢想》、《我將如何記憶你》、《丁香一樣的顏色》、《那些人住在我心中》、《庖廚食光》、《負劍的少年》；長篇小說《在月光下飛翔》；傳記《永遠的童話——琦君傳》及童書等多種。作品入選《台灣文學30年菁英選：散文30家》；近作《庖廚食光》獲選「2014年開卷美好生活書」、《講義》雜誌二〇一五年度最佳美食作家。

話筒才放下，不到一分鐘，忽然又響，我整個人跳起來，指著電話機：「說！說我去開會了！」同事接起電話大笑：「是金倫啦。」喔，是金倫。「怎麼了呢？」聯經出版社總編胡金倫在那頭問，「沒事啦，剛剛好不容易才掛掉一通電話，血壓還沒降下來，以為他又打來了……」

我想買一個血壓計，是像心電圖那種，有螢幕，可以看到血壓升降變化的，同事說，「然後就會看到，妳一接那人電話，血壓立刻九十度仰角上升！」對，證券術語，那叫做「噴出」行情。

什麼人的電話那麼恐怖？那是位學者，投來極長的稿件。我對副刊的想法，副刊不是學術性刊物，它的閱眾是對文學感興趣的一般大眾，學術論文不宜（副刊定位問題，日後我將另文討論）。但若筆法有文趣，篇幅亦不長，也可偶爾刊布。它是「雞蛋」理論中，比較外圍的蛋液部分，而不是副刊的「蛋黃」。那篇長文，我節選了部分或能引發討論的篇章，也經過作者同意了。沒想到這卻是苦難的開始，不斷被逼問什麼時候刊登？

副刊編輯最恨被問「什麼時候登？」一整抽屜的稿子，我如果每收到一篇新稿，便能準確預知它的見報之日，改行去算命好了。當然，專欄、策畫的專題，或有特定時效，如為紀念某作家、某節日而寫的稿子例外，而也正因為有這些例外因素，更不可能掌握每篇稿子的見報日。「主文」已難掌握，做「邊欄」的短文、詩更是有它們自己的「命運」。我被問煩了，好啦好啦，估計一個日子告訴他，那麼至少在那一天來臨之前，耳根可以清淨一陣子吧。「不能早一點登嗎？」我變得愈來愈強硬：「不能！」「早一點登吧？」「每一位作家都希望作品早一點登。」「我那文章很有意思的。」「每一位作家都覺得自己的文章很有意思。」熟悉我的朋友都知道，這絕不是我平日說話的語氣，但是……看到沒，我的血壓已經快速爬升，即將爆表了，「妳刪掉的那部分，也登一登吧？」啵——真的爆掉了！

「計畫永遠趕不上變化」正是媒體的特性，在那篇文章刊登前，果然來了特殊有時效的稿子，打亂了布局。預定的「那一天」一上班，我有心理準備電話肯定會來，告訴自己，放輕鬆、放輕鬆……果然，電話響了，「為什麼今天沒登出來？」我還沒解釋，學者自己做了結論：「我被○○○擠下來了！」婉言安撫，後天就見報了，已經排好了，「那妳刪掉的那部分，也登一登吧？」

文章總算登出後，以為從此太平無事，電話又響，他又要寄新稿來了！

電話，我真的怕接電話！從事副刊編輯以來，接過各式奇奇怪怪的電話，可惜沒有一一記錄下來。「告訴妳哦！我是某某某，我寫了一篇〈××〉，這篇文章如果不刊出來，你們報社，我會讓它倒！聽到沒？你們報社，我會讓它倒！」這是個中年大叔，在九一一恐怖攻擊事件後不久打來。

有另一大叔來電，夾纏不清地說他得了我們某一徵詩獎項，說了半天，完全不懂他究竟想問什麼，我只知道，得獎者之中並沒有這號人物。好不容易掛了電話，我嘆口氣：「這個人，連話都講不清楚，他會寫詩嗎？」我的詩人主編回答我：「妳不知道啊？詩人就這個德行。」

有一位女作家，退稿後必來電，要我說明為何退稿，如何改進。這種電話常常不知如何說起，說了，她就開始跟你辯，何況並不是所有的稿子都有一個明確的「改進之道」，但我怎麼能告訴她，那篇實在就是平庸之作，並不是哪一處沒寫好的問題(她會殺了我吧？)。我不願多談，她說，以前某某編輯，都會很有耐心的鼓勵她，告訴她如何改進。我心想，是喔？以前的編輯真的比較閒？後來跟清志聊起(年輕早逝的作家張清志)，忘了他當時在中央副刊還是印刻，他也因那位女作家不堪其擾，說要在編輯同業間發起一個「○○受害者俱樂部」(○○是那位女作家的筆名)，我才知道，噢，原來我不是一個人，原來我並不孤單！○○後來因我不再理她，轉攻我們的主編。詩人主編接了幾次電話，耐心終於耗損至蕩然無存(編輯到底是個什麼工作喲？)，下回電話一響，人人自危，主編要我接：「說我出國去了。」「她要是問你什麼時候回來呢？」「就說這個人永遠不回來了！」

又有一位女士，在一個演講場合中遇見，她來向我索取名片，當下情勢「不好意思」不給，之後便接到來電，要約我喝咖啡，談談她的寫作。我說妳有稿子直接投來，不需要喝咖啡的。她說她希望我當面看稿子，有問題可以立刻指正。這還得了，比○○還恐怖，我說沒辦法，我必須面對的作者太多，不可能每位作者來稿，都要當面看、當面給意見。她說：「妳真的很好運！又沒有什麼了不起，就當上主編……」我平靜聽完她的批評，仔細看了她的電話號碼，告訴自己，這組號碼日後不要接。但世間從事寫作、編輯這一行的，有個共通缺點，就是數字感很差，下回電話來，我又毫無警覺地接了起來。重複的要求、拒絕、辱罵。後來，我把她的號碼輸進通訊錄，署名四個大字：「不可以接」。以後，「不可以接」一打來，我就關機了。

這篇文章其實還可無限長寫下去……但是，下回你打電話給我，如果同事說我在開會，抱歉，我真的在開會啦！

原載二〇一五年六月《幼獅文藝》第七三八期

那個鄉巴佬

懷想王華沛

亮軒

本名馬國光，美國紐約市立布魯克林學院傳播研究所碩士。中廣公司「早晨的公園」、「快樂兒童」、「工商時間」等節目主持人、製作人，聯合報專欄組副主任，國立藝專廣電科主任。中國時報、聯合報、中時晚報、聯合晚報、中華日報、大成報等專欄作家，從事時評寫作三十年。公共電視「空中張老師」、「兒福百寶箱」節目主持人。世新大學口語傳播學系客座專任副教授、中國人權協會理事、中華民國少數族群權益學會理事長。曾獲中山文藝散文獎、中國時報吳魯芹散文推薦獎。現任中華民國少數族群權益學會理事。著有日記《2004／亮軒》；散文集《在時間裡》、《江湖人物》、《吻痕》、《筆硯船》、《石頭人語》、《書鄉細語》、《說亮話》、《細品癡中味》……等；評論集《定風波》、《偶然與必然》、《不是借題發揮》、《紙上張老師》、《邊緣電影筆記》、《風雨陰晴王鼎鈞》；《邊緣電影筆記》……等；回憶錄《壞孩子（大陸版「飄零一家」）》、《青田街七巷六號》；小說集《亮軒極短篇》、《情人的花束》。

大家站在火葬場火爐入口前面了，華沛的遺體已經從滿布鮮花的禮堂移到這裡來了，路很短，卻是華沛真正的最後一程了。

人來得真不少，滿滿站了一地，鴉雀無聲，安靜得真如置身在荒墳堆裡，我沒有站在前排，很難說是什麼心情，也許是有意的要退後一點，夾在許多在宜蘭還有更多從外地來的親友中。好像大家都沒有太搞得清楚程序，總之，在我還沒有來得及會過意的時候，棺木已經緩緩的從滑輪上安安靜靜的進入了焚化爐，自動挪移般的進入了還沒有點火的幽幽暗暗的爐膛，倉促間，我趕緊搶著看了一眼，那一口棺木，還有棺木裡我想多看一眼也來不及的深深平躺在裡面的華沛，就這樣子讓人關在焚化爐裡了，忽然間讓我感覺到死亡是多麼的無情冷酷。然而要怎樣呢我想，也沒來得及把此刻的思緒理清，慧慈大大方方的跟大家一鞠躬，提高了一點聲音說道，華沛現在焚身獻佛，是最大的恩典與布施等等，也沒幾句，然後她謝謝大家。我便隨著親友離開了火葬場，上了要回台北的車。此刻方才猛然驚悟，真的，絕對是真的，我再也見不到華沛了。世界上的任何人都再也見不到他了，再也聽不到他了，我們在師大的特教系主任辦公室見不到他，在教室裡見不到他，那我們常去的一兩家小館子跟常常坐的座位上也見不到他，在我家廚房的小餐桌我的對面座位上見不到他，慧慈在宜蘭那三層透天厝上上下下每間屋子每個拐角都再也見不到他，慧慈無論在廚房還是書房也不會再聽到他回家還是出門進門的聲音。我的們的手機都還有「王華沛」，然而，我們要記得不要再打電話給他了，再也聽不會到他的聲音了。

宗教信仰各有不同的想法跟説法，我想的卻就是這樣，華沛，從此不會出現在物質世界中，對我，就是再也不可能跟他一起旅行，一起説話，一起小酌，一起討論問題，一起彼此探索……。那麼一個強壯又有無限的前景的人，就這樣再也不會出現眼前，我為這麼簡單的事實而迷惑，人，就可以這樣消失了嗎？

他們夫妻倆將近兩年以來，為了那幾乎可以説是迅雷不及掩耳的病痛襲擊的驚詫、抗爭、懷抱希望又復跌入絕望，又重新振作再度抵抗，從絕望中細細的搜尋新的希望又復墮入更大的絕望，終至一步步的接受了殘酷的現實，最後住到了安寧病房，沉著的應對著每一天，遵照醫療過程中一切該守的規矩，挨過那分分秒秒日日夜夜，然而我想，要不是如此，又該怎麼過這樣的日子呢？華沛終於連説話的氣力都沒有了，我去看他，那時居然還能認識我，只説你那麼聰明，就是跟孔明一樣，怕也救不了我吧？在氣息奄奄命如游絲之際，他依然拼著最後的一點生命力，表現了也沒有多少次我們相處時，那樣習慣的幽默感。那最後一次見面，他還睜開了眼看了看我，旋即又閉上了眼睛。那對他是多麼困難的動作，因為，有的時候慧慈要他睜眼看看是誰來了？他卻説，睜眼，很累啊。

次日，華沛撒手塵寰。

有一回，就在我家的廚房，我們兩人據案對杯高粱，薄有醉意，那樣的情況．彼此說了些什麼，自然不復記憶，倒是有一句我忘不了，他拈了一片他帶來的烏魚子，細細品賞中，含含糊糊的問我說，我們這樣，算不算是忘年交啊？

我比華沛年長十五、六歲，要說依年齡就算是他的長輩，還真不敢當。何況他在學術界，特別是特教這一行裡，是學有專精，負有專業聲望的人物。一位國立大學的特教系教授兼系主任要認我做忘年交，顯見他為人的真誠直爽。我當時跟他一五一十的計算了一下我們的年齡，接著跟他說，我們是好朋友，不一定要當忘年交吧？我有那麼老嗎？你有那麼小嗎？於是乎再乾一杯。

士大夫無私交，這是指在廟堂上的人物而言，我們只是個布衣，私交一定是有的。然而我們回回對飲，次次高粱，卻從來就是語不及私，更不涉他人短長。我們談歷史人物與事件，討論新科技的發展，聽他說他的童年，他的學習經驗，他的家鄉跟他們家族的歷史，件件都引人入勝。

他有一個我很陌生，但是充滿了野趣的成長史。從同吃一條烤魚，話題可以發展到他了解的河川大地的變遷，我喜歡跟他在一起。他可以住在宜蘭而到台北的師大上課上班，又常來來往往高雄台南嘉義台中，有的時候前一晚便住在舍下，我們喝了幾盅後他自個兒洗澡上床。第二天．常常我還沒醒，他已經出門趕火車去了。我佩服他在專業方面的奉獻精神，我羨慕他超強的體力，欣賞他乾淨俐落的言語。從舉杯暢飲橫議古今到他辭世而去，只是一兩年間的事，何況就是在他病中我們也還有許多次找一家合宜的飯館有說有笑，暫時忘卻有病之身的苦惱。

我很少見到那麼樣相貌堂堂的人，就戲稱他為開國元勳。要是你把華沛的證件照印在革命史的書裡，就是正直而有大功業大人物的品相，沒有人會懷疑。他講話的時候，也總是緩緩的透出誠信與剛毅的氣質。華沛的國語，字字清晰標準，很用心的在說，典型的台灣孩子努力上進學來的口音。他思路有條有理，很少夾纏。他的喜怒都穩穩控制，卻絕不是沒有。我想他平時應該用了許多時間讀書研究翻檢資料，在上一次談話沒有結論的問題，下一次見面時他會提出找到的證據證實還是再談。他花在電腦搜尋上的時間不會太少，然而他是我見識到少數不會為了電腦胡亂耗費時間的人。我想他也應該是極有耐性的人，特教問題原本就要以最大的耐性處理，他是個學者，還要在處理問題的同時做有系統的思考。華沛總是很沉著，像個農人，一直保有濃厚的鄉野氣息，泥土一般。我想要是發生飢荒，餓死了無數的人，大概也輪不到華沛，要死，他應該也是最後的幾個。他極有生命的韌性，什麼都能吃而且津津有味，什麼地方都能睡，立刻入眠，而且從不賴床。他會在五十六歲的英年走人，不僅意外，我更是不平。

有許多話我們真是沒來得及說，在他治療期間，防菌防毒防冷防熱，我們能去醫院看他的次數不多。便是在病床邊，護理一下子這樣一下子那樣，也無法久留。他這一趟病有的是大起大落大喜大悲，命運對他的戲弄，同時也是對慧慈的戲弄，真的夠了。依華沛之愛深思探索的習慣，應該可以有許多心得，然而他就在痛苦與虛弱中磋跎了最後的時光。要是他正常無礙的話，會像我們曾經相互許過的承諾一樣，我要常常去宜蘭透透氣，他早已定時的儲備了些我們都愛的高粱酒，打算好好的相對喝它幾年。華沛的物質欲望很少，粗食粗飲甘之如飴，而且品賞得頭頭是道。他好學，學生、同事、朋友，沒有不喜歡跟他親近的。他生活簡單，無非就是書本與課業。我從來沒有從他口中聽到他想要什麼名還是利，他是非常會問問題的人，看得出他有極強的求知欲。他早就在南部鄉下田邊買了個小房子，無非是想以耕讀度過退休後的歲月。這是既樸素又優雅的安排，很簡單，很便宜，很快樂，然而這麼一點小小的願望，最終竟無法實現。

我總記得他曾經請我與曉清到他們老家去了一趟，為的是他們王家高堂老太太九十大壽跟宗祠落成兩件大事，我最大的榮幸是為他們王家的新祠堂做了一副對聯。他們家鄉可真是遠哪，遠到了台灣極西的海邊，淺海對岸就是他們同宗，台灣最最富有的家族的企業的一些工廠，那家同宗填海造陸，夜裡看去燈火通明，一排海上長城也似，然而，卻造成了這邊的同宗家鄉的陸沉，水田變成了海面，馬路可以填，房屋卻沉到了馬路下面去了，窗口、屋頂，比路面還要低，是全台灣陸沉最嚴重的地方。一到夜晚，海水拍打著他們客廳、臥房的後牆，澎澎湃湃，一下又一下，讓我想起了東坡先生有名的〈寒食帖〉中的詩句：「小屋如漁舟，濛濛水雲裡。」他們老太太安土重遷，就是不肯離開那裡，要留在那個近乎寸草不生的土地上。他們的宗祠還故意的加高一層，為的是為了今後還會一寸寸陸沉而打算，不知道對面的同宗是否知曉有這麼溫順又無奈的兄弟姐妹？

然而這麼一個窮鄉僻壤的鹽滷地，卻是在我還沒有親眼目睹時聽華沛形容得非常迷人的地方，讓我相信該是人間樂土。華沛一點都沒有唬我，他真的說了他實心相信的言語。他們整個家族都窮，跟對岸為了遺產長幼手足之間爭奪不已的本家大不相同，而且，為了宗祠完成，從本島到世界各地回來了一、兩百人，聚餐的時候要開二、三十斤的高粱酒罈子。有意思的是，他們家族有百分之九十以上，都從事教育工作，小學、中學、大學的教師，有的是國內外大學的教授，有的是教務長學務長，便是當官也是教育單位的官。原來這麼一個窮家族大多只能讀不花錢的師範學校，所以個個成了百年樹人的教師。他們家園成了準海洋，但是一點也沒有要吵鬧，只是更加的努力向上，依舊愛家愛鄉愛人愛子弟。華沛的骨血中就有這樣從土地到海洋，從窮困到出人頭地的特質。他能不改其志的專心奮鬥，卻又能安貧樂道的享受田園的寧靜樸質，我覺得華沛才是台灣的軟實力，才是台灣的驕傲。華沛是我們的典型。

我們家冰箱裡還有兩片烏魚子，華沛帶來的，依他說，是「孝敬」我的，他的心意，我深深領受。然而那樣的貴重的好東西我們不會常常吃，總是等著他來了一起配著酒吃。現在這兩片烏魚子顏色漸漸轉為深沉，而我每次打開冰箱看到的時候，恍惚間，覺得還是要等華沛來。這兩片烏魚子，現在嘛扔也不是，吃也不是。也許塞到裡面一點，烏魚子就給它變黑好了，只要還在那兒，但是，不要天天見到。

原載二〇一五年七月十二日《自由時報》副刊

那一年半載

吳敏顯

曾任宜蘭高中教師、宜蘭社區大學寫作課講師、聯合報副刊編輯及萬象版主編、宜蘭縣文獻委員會委員、《九彎十八拐》文學雜誌編輯。著有散文集：《靈秀之鄉》、《青草地》、《與河對話》、《逃匿者的天空》、《老宜蘭的腳印》、《老宜蘭的版圖》、《宜蘭大病院的故事》、《宜蘭河的故事》、《我的平原》、《山海都到面前來》，及小說集：《沒鼻牛》、《三角潭的水鬼》等。

作品曾獲選入國立編譯館國中選修國文教師手冊，北區五專聯招國文科試題，中正大學語文研究所試題，全國語文競賽國中組朗讀篇目，台北縣語文競賽國小教師組朗讀篇目，宜蘭縣政府鄉土語言教材，文建會全國閱讀運動文學好書，《閱讀文學地景》散文卷及小說卷；以及聯副三十年文學大系、中國現代文學年選、中華現代文學大系、台灣當代散文精選、台灣藝術散文選、台港名家散文精品鑑賞、年度散文選、小說選、詩選，及飲食文選等。

開設部落格：吳敏顯筆記簿。

我出生在台灣東北部的偏僻鄉下，一歲半以前的生活空間，正值日本統治末期。

所有對日據時代的認知，幾乎全來自長輩們口述，外加長大後讀到的書本及報刊。就一個姓名曾經短時間登錄日本戶籍冊頁者而言，對那個時代的了解，也只能從這些途徑去領略感受。

我出生的村莊，位於宜蘭平原靠海的壯圍鄉下，它同時是我生長了大半輩子的天地，鄉人大都種田或做工。

如果有人想離開這塊平原，往南走可經蘇花公路到花蓮、台東，那片比宜蘭更荒僻的後山。而朝北走可以到台北大都會，但必須在大山裡繞得暈頭轉向；或者搭硬板凳的火車，穿行一座座黑忽忽的隧道。

在我小學畢業以前，絕大多數鄉親不曾離開過這個三面被高聳連綿山脈環抱，一邊滑落太平洋的平原。

地處窮鄉僻壤，鄉人想活下去，除了吃苦耐勞，就是撐滿肚子苦水自得其樂。這種子民，正是統治者眼中的順民、良民。

當然，有少數腦筋奸巧的，會竭盡所能去巴結諂媚日本人，搶先把自己和家人姓名改得像日本人，自以為從此高人一等。

我的家族繁衍到父親那一代，他是唯一讀完小學懂得看書寫字的，不改名不改姓地到日本人經營的二結製糖會社工作，在載運甘蔗小火車的「二萬五車站」（現今宜蘭縣三星鄉萬富村），擔任原料蔗甜度抽檢工作，結婚後回到離家較近的壯圍庄役場（即壯圍鄉公所前身）當辦事員。

日本主管好意勸他，說如果改個日本姓名，對職務升遷與物資配給都有好處。縱算顧及親友鄙夷，不好將自己改名換姓，照說不難幫我這個剛出生的長子，取個日本味名字。例如：吳太郎、吳一郎，或叫一雄、正一、健一之類，但父親並未這麼做。

後來我進小學，曾羨慕取這類名字的童伴，他們名字用閩南語喊起來，比敏顯兩個字響亮得多，用漢字寫出來筆劃也簡單多了，不像我動不動就會把手腳伸出練習簿的格子外，稍加克制，則緊縮成一團糾纏打結的線球。

在那個男尊女卑年代，連女孩子取名都有類似傾向，身邊不乏取名月子、美子、惠子、秋子、春子、梅子、芳子的童伴。子字日語發音「課」，直到台灣光復好些年，鄉間四處還聽到這個課那個課地課來課去，叫喚彼此。

除了更改名姓，日本人對台灣民間信仰也施加緊箍咒。我先祖從福建漳州金浦渡海到宜蘭開墾，比日本人早了幾十年，這是我識字後從祖宗牌位上知曉的。鄉下人即使全家文盲，仍舊不忘在客廳設置祖宗牌位，供神像。

父親說，日本警察為了推動皇民化，經常挨家挨戶巡查，沒收神明雕像和祖宗牌位。所以我們家祖宗牌位，曾經潛伏客廳樓拱上很多年。所謂樓拱，就是貼近紅瓦屋頂下方非常簡陋的半截天花板。至於祖先從唐山捧來三山國王當中的三王公和秀才爺兩尊木雕神像，早經警察登記在案，只能乖乖交出，任憑處理。

鄉下田野開闊，視線無礙。家人眼睜睜地看著警察把神像扔進不遠處的大水溝，卻不敢跟著去撿回來。因為日本警察腰間隨時佩掛武士刀，看來頂嚇人。任何人瞧見警察身影，都會趕緊走避。避過鋒頭，再設法遂行自己意圖。

所幸那文武兩尊落難神像，似乎曉得如何護佑自己，順著水流漂浮一天一夜之後，教溝底的水草牢牢纏住，才沒繼續流進太平洋，讓沿溝岸徒步搜尋的祖母，將祂們捧回家，跟我家祖宗牌位一起擠在樓拱臥薪嚐膽。

早年沒有電視、電影，鄉下僅零星幾戶有錢人家買收音機或唱盤。多數人農作餘暇消遣，會自組戲班唱唱歌仔戲，或四處去看別人唱戲演戲。日本官方卻明令禁止，說它傷風敗俗，要演只能演所謂的皇民戲，連包公、關公都穿上日本服飾、黏兩撇仁丹鬍子，看來不倫不類，使所有戲班都無法維持而不得不解散。

台灣歌仔戲起源於宜蘭，日本據台之前已經跨過台灣海峽，在福建廈門等地風行一時。抗戰期間，日本在台灣查禁歌仔戲，福建官方發現這戲源自日據下的台灣，同樣把它查禁，此舉幾乎使歌仔戲斷了香火。

幸虧經福建老藝人將其略加改良後，重新在閩南薌江流域興起，稱做「薌劇」持續流傳，並吸引部分台灣藝人渡海前往加入行列。像一九四九年兩岸阻隔而未及返台的老藝人陳瑪玲，便擔任過漳州薌劇團團長。

歌仔戲從台灣民間消失後，直到日本侵略戰爭末期，才意外地重燃生機。當時日軍為了就近殲滅太平洋中的美國艦隊，在宜蘭興建神風特攻隊自殺飛機起降基地，除調派民工和中學生勞動服務，主要人力來自台北、基隆、宜蘭監獄的受刑人。警察先在受刑人腰間綑綁繩索，再以幾條兩三公尺長的繩索連接其他受刑人，幾個人成一串施工隊伍，便於管理防止逃脫。

這些民工或受刑人，工作粗重又吃不飽、睡不好，難免脾氣暴躁，動輒相互鬥毆打群架。逼使監督機場建造的日本警方，不得不聽從地方士紳建議，找回解散的戲班，在機場跑道工地兩端各搭一座戲台，每星期固定演出兩場不同戲碼，抒發大家情緒。

我在所寫的《老宜蘭的版圖》一書中，就直截了當地表示，神風特攻隊沒能挽救日本頹敗，卻讓台灣歌仔戲死而復生。

統治者盤點人民腦袋瓜信仰和喜樂之外，必須約束人民肚皮。二次大戰末期，日本國力走下坡，無論在其國內或各殖民地的經濟都相當吃緊，民眾生活所需物資採行配給制，包括鄉下農民自己生產的稻米、布匹、家畜肉類等日常所需，皆列入管制。

我母親和村中婦女，得靠「跑野米」貼補家用。野米是私貨的日語發音，跑野米說的是走私。走私過程，是每隔幾天便有三兩個或五六個婦女互相邀約，用棉布縫製的揹巾揹著嬰兒，走一個鐘頭石子路，前往礁溪四城火車站，搭慢車到台北縣端芳站。

母親解釋，早年農家子女成群，婦女揹負嬰幼兒出門並不稀奇。所以她們揹著嬰兒方便欺敵和窩藏私貨，每個嬰兒左右腋下各塞進一隻宰殺後煮熟的雞，腰腿間還各夾一包自己椿好的白米。嬰兒外圍以包袱巾包住，只露出可愛的小腦袋，好騙過車站和車廂的警察。

這些白米和雞隻，帶到端芳車站附近賣給大盤商，立刻有錢入袋；大盤則以更高價格賣到台北、基隆的有錢人家。日本警察管制得越嚴，這些「野米」越搶手。連家中沒嬰兒可做掩護的，都忍不住冒險將雞隻和米包直接偽裝成嬰兒形狀揹著闖關，無奈途中走動難免導致「嬰兒」變形而敗露行跡，物品被沒收還遭罰錢。

母親常笑我說，我在周歲前後，已經對家中經濟改善有不小貢獻。我倒覺得，自己在出生後那一年半載，參與了抗日哩！

在經過日本統治四十幾年後的偏僻鄉下，人們能稱之為反抗的行動，大概也只能堅持不改名換姓，繼續偷偷地祭拜祖宗牌位，繼續去把沒被燒掉或丟到溪溝裡的木雕神像撿回來供奉，繼續唱唱歌仔戲，繼續由媽媽揹著搭火車去「跑野米」吧！

可惜那個年代鄉下沒有照相機、錄影機，為日常生活留下影像，更少有人懂得書寫文字去記載，僅有的記憶全賴長輩口耳相傳，當然流失得快。

不管如何，為了和長輩們聯手反抗統治者壓制，我這個周歲上下的奶娃，總算使出一些吃奶力氣。

原載二〇一五年八月二十一日《聯合報》副刊

神神

本名沈宗霖，生於一九九〇年，目前就讀成功大學台灣文學研究所，曾獲教育部文藝獎、林榮三文學獎、新北市文學獎等等。

小事記：希臘悲劇、妓女、土撥鼠日

聽說作為一個作家，是不方便透露自己的疾病的。一則是引發氾濫而廉價的同情心，那種溫情往往甜而過膩，鬆動文本的藝術獨立性；一則是某報刊記者告訴我的：你天生長得娃娃臉，如果大家知道你生病，那就更像是裝可憐——言下之意是說，如果我長得像摔角選手或屠夫，或許就不必承擔這種誤解了。於是我只好假裝很正面很健康。可是長久下來，也對這種虛偽感到倦懶了。

四年前得知罹病之後，陸續放棄身邊重要的人事。告別了我的愛人，想讓自己在鄉下小鎮的醫院安靜死去（或許是想讓自己多點浪漫主義式的壯烈感）；為了入院治療，放棄了考上台北研究所的資格。當時樂觀地覺得，這一切都可以重來，等到我的身體好起來。愛人說：「除非你放棄我了，否則我會一直等著你回來。」那時活著的每一天，仍是充滿希望的，盼望有一天能再回到愛人身邊。我以為自己的人生會像希臘的半圓形劇場，悲劇轉了一個半圈，就會成為喜劇。

隨著手術失敗，病情惡化，加上憂鬱與失眠，我漸漸無法駕馭自己的身體。躺在醫院，直盯著點滴瓶裡的藥水，一點一滴到空瓶為止。它們流到我的體內了，下一秒應該就不會再疼痛了吧。不過這只是麻醉藥期間的幻覺而已。夢見母親與醫生正在簽署我的手術同意書，那就像是老鴇和妓女的賣身契一樣，我不確定自己的肉體能否成為江南花滿樓的一代名妓，大概沒有人要替我贖身的。

出院後不時收到愛人的簡訊，他仍四處打聽我的消息。蒐集了我在副刊上的文章剪報，鼓勵我繼續寫下去。可是張愛玲那一句：「我回不去了。」卻為這一段畫下了註解。我就像上帝製造的失敗品那樣繼續活著，不知道醫院的追殺令什麼時候到來。我開始放逐自己，過著頹廢墮落的生活，大量垃圾食物和低等動物的性愛，想趁自己還活著，青春還未消逝之前，趁早把它用盡。所有能讓自己快樂的事，我都會努力去做。

「我努力將自己變成世界上最爛的人，這樣愛人失去我也不會覺得可惜，這樣我有一天死了也算是得其所哉。」

除了生病之外，這其中應該還有什麼出了差錯吧。我彷彿看到另一個快樂的自己在不同的平行時空，挑釁般地對著我招手笑。平交道上兩台火車交錯、各自往不同的方向奔馳過去。我的輕型摩托車在柵欄前微微顫抖，地面似乎要震裂了，後面還有一大群千軍萬馬的汽車機車，可是我一個人被留在這裡了。

可是我一個人被留在這裡了。我的日子停留在四年以前，在那之後就無法前進了。那像是電影《土撥鼠日》(Groundhog Day, 1993)的情節，一日日重複相同的一天。每天在五點五十九分到六點之間醒來，聽天氣預報，參加土撥鼠日的聚會。那是北美古老的傳說，土撥鼠在二月二日從冬眠中探出頭來，如果牠能看到自己的影子，就代表冬天還將持續六個星期；如果看不到自己的影子，那春天不久就會來臨。

我不知道電影中的土撥鼠是否盼到了春天，牠身上的陰影是否消失了。我知道我的陰影尚未散去，仍在淩厲的冰河U型谷和堅硬不毛的永凍土持續地冬眠。作為氣象預報員的主角，突然能預測自己的下一天，於是在這不斷循環的二月二日，讓自己嘗試、修改每一種度日的方式，希望這些寒涼的歷程，能獲得春天的憐憫——以為終有一天有隻光澤鮮豔的土撥鼠，為我探出頭來，說聲：「嗨。」

曾經是對現實充滿熱情和期待的，我喜歡在車站的查票亭或遊樂場的十字旋門，好奇地捕捉每一張流逝的臉。不過現在這些都對我失去意義了。我只是一邊走路一邊盯著自己的鞋尖，白色球鞋沾了一點泥，它只累積了五百英里的路程。在人界找不到容身之處，只好在自己的幻覺中飄搖。寫字很無聊，又沒錢，然而還是不停地寫，為什麼呢？我也不知道。自閉症小孩對木製琴敲敲打打，用噪音惹人注意。

離開愛人四年，漸漸覺得自己不再具有愛人與被愛的能力了。人生實難，兩個人的人生，難上加難。我的房間有一架發不出Do音的黑漆鋼琴，遲遲沒有找調音師來修音。我想只要避開有Do音的曲目就好了吧。想念愛人的時候可以彈一彈，避開其他的殘缺，就能完足了這一首曲目。然而在這五音不全的人生，我是個換好嗓子的少年，卻不知道怎麼唱它。

一名在野戰醫院奄奄一息的士兵，捧著胸口的懷錶，親吻戀人的照片，時針停止了轉動，他們將永遠不老；一名炸斷右手的戰地記者，記錄著這彷彿虛構的不真實的人生——請你當做這一切都不曾發生。這畢竟是世界連綿如長河的歷史裡的一小塊木片，即使它曾經是一艘木筏，撞擊過暗礁浮沉的一生。

原載二〇一五年八月二十三日《自由時報》副刊

在歲月中流轉的生靈故事：基隆中元祭

鄭栗兒

資深文學主編與作家、臼井靈氣師父，曾任廣告公司文案指導、時報出版文學主編、聯合文學執行副總編輯，現經營「阿芭光之花園」心靈工作坊。

暢銷代表作《閣樓小壁虎》、《尋找星星小鎮》。近年出版藏傳版心經《水晶之心》、朝聖之書《Catch斯里蘭卡，純真國度的微笑》，以及華人世界唯一具療癒能量、靜心品質的占卜牌卡《心靈樹卡：占卜．療癒．靜心》、城市書寫《基隆的氣味》。

走路、創作、喝杯咖啡、和萬物交流是每日的靜心，繼文學之後，以推動詩般幸福療癒之道為理想。於今，「阿芭光之花園」為所有渴望投入療癒工作、想成為真正自己的人，敞開一扇看見宇宙的門。

一如往年，基隆中元祭總在每年農曆七月初一登場，在三十結束。

基隆其實沿襲許多日本殖民的生活型態，無論在飲食，像是咖哩飯、天婦羅、生魚片、壽司、味噌湯、便當夾一片黃蘿蔔或是隨處可見的居酒屋小攤，還有服飾穿著也一定要跟上日本當季流行，從孝二路整排委託行街櫥窗掛的亮眼新裝，即可窺見端倪，基隆人不管雨下再大，也要把自己打扮得像一個日本女人，這是我媽媽那一代的美學觀點，化妝是一種基本的禮貌；而每年一度的鬼月中元節那種遊行排場更直媲日本京都的祇園祭。

說起來，基隆每年最熱鬧的不是跨年晚會，年輕人都跑去台北一〇一看煙火，也不是春節過年，全城人大概消失了一半以上到外地度假旅行，但到了農曆七月十四晚，中元節遊行和海濱放水燈可就是沸騰一時、人鬼共歡的年度祭典盛事。

基隆的中元祭最早起源於清代，為了平撫福建漳州人和泉州人之間因利益衝突而衍生大規模械鬥，造成死傷慘烈，後來雙方大老出面協調，將兩邊死難的骨骸合葬祭祀，稱為「老大公」，廟名為「老大公廟」（位基隆樂一路七十六巷三十七號），彼此協商按照姓氏輪值主普，從此漳泉融合，輪流舉辦中元超渡儀式，普施一切孤魂幽靈，從一八五六年開始舉辦，至今已近一百六十年。

也許不是所有基隆人都明白中元祭的由來和典故，但對於這個祭典都十分重視，因為要拜好兄弟的緣故，就算平時不燒香拜拜的人，也多會在農曆七月參加社區或宮廟所舉行的普渡祭祀。在基隆人的想法是，每年農曆七月是好兄弟們出來透氣、接受施食的一月，從初一開始到三十的每一天，陸續都有人家擺桌敬拜好兄弟，鄰里或社區也會拼桌盛大祭拜，晚上則一起吃辦桌，順便祭自己的五臟廟，和鄰居們聯絡感情。

拜好兄弟，你可以說是一種求平安的迷信，但我覺得這是基隆人的一種慈悲心，想到那些可憐的孤魂野鬼無人祭拜，所以在這一個月準備供品和紙錢，給好兄弟們年度補給，這些從小到大養成的善心善意，也成為基隆人的一種人情味。像我每一年都要打電話給母親，討論今年拜拜的時辰和要準備的菜色，母親不忘提醒我記得購買給好兄弟洗手洗臉的臉盆、牙刷、肥皂、毛巾和化妝的粉……母親年紀更大了後，索性就和社區或附近宮廟一起拜，沒空準備供品時，繳五百元，就可領回米、醬油、罐頭……這種看似一般的民間習俗，正是基隆的人文與生活之趣。

幾乎每一個基隆小孩，都有機會參與中元節的遊行行列，不管是天晴或天雨，都要在那個夜晚走遍整個基隆市區，到半夜望海巷放水燈部分，就交給主普和各宗親負責人，遊行的大人、小孩終於可以歇歇腿，我曾經在國中和高中時各參加過一次遊行活動，真的走得腳都快斷掉了。

早年遊行還是各宗親準備的花燈車和車鼓陣頭，近年來逐漸觀光化後，加入了國外的一些歡樂元素，扮鬼狂歡或者重機車隊、直排輪、舞蹈、鼓隊……等等，遊行的隊伍往往愈走愈長，因為走到後來，不是脫離前面的速度，不然就是表演太久，形成壅塞。拜拜是每一年大家都會拜的，但不是每一年我們都會去看遊行，除了避免街上人擠人外，想看的話，打開電視也有立即實況轉播。

有一年輪到我們鄭氏主普，當時主普壇才剛從忠四路遷移到中正公園，當主普時有一種很神氣的感覺，除了遊行隊伍排第一個外，還可以登上主普壇，當然也要多花一些經費；每一年我們都會從主普的排場與陣仗，討論這個姓氏宗親的來頭和「錢」勢，有些大姓或地方政治家族，像是謝姓或林姓，輪到他們主普時，陣仗就不小了，整個遊行隊伍落落長的一串，花燈車也擺飾得特別好看，配合龍鳳造型或是該年生肖的動物，妝點得無比華麗耀眼，站在花燈車上仙女扮相的女孩，向底下的群眾一一揮手致意，猶如真的仙女下凡一般。

忘記了那一年鄭姓主普的遊行隊伍是怎樣的氣勢和呈現，印象中最深刻的是爸爸帶我去中正公園的新主普壇，通常農曆七月十二日時，主普壇就會開燈放彩，一直開到整個農曆七月結束，我們站在現在看起來有點落伍，當時卻帶著宮廷氣息的新建築樓頂上，環視整個基隆港和中正公園，小小的孩子心裡升起一種莫名的驕傲感：「我可以站在這裡看世界。」感覺我爸爸也變成好巨大、好了不起！可以參與主普宗親這麼重要的地方活動，也讓我與有榮焉地站在這個地方，而且不是任何小孩都可以上來的。

我父親是一個很有穩重鄉紳氣質的人，很少說粗話或莽撞行事，他帶領的碼頭工人有的很粗俗，喝了酒就亂說話，但我父親對他們很有包容心。只可惜碼頭逐漸沒落，中年時他不得不把牌照賣掉，雖然也在區公所擔任三十年的調解委員，贏得許多敬重，但說起來，我父親一生終究沒有按照自己的意願活出自己的人生，都是在營生中委屈真實的自己，那一年我和父親一起站主普壇上，分享著一種榮耀，對我或者父親來說，是很特別的一刻。父親已經離開多年，留給我的記憶裡，這一幕也是永遠不會忘記的一刻。

最感人的一幕是我的奶奶在得老人痴呆症的前一年，不知為何一直嚷著要看遊行，那是一九九一年的夏天，祖母已經八十多歲了，來到住在田寮河旁延平街的二哥家時，就說她很久沒看放水燈了，今年她想看看。對老一輩的基隆人來說，看放水燈遊行是一件很正式的事情，不僅要穿著隆重，很早就要去街上卡一個好位置，有一個好視野看熱鬧，並去感受這分儀式的內涵，對鬼神的敬重，同時祭典也代表著無聊市井生活的一個活潑插曲，老一代的基隆人很歡喜拜拜，拜拜不但可以求平安，還可以品嚐豐富的筵席，最重要是慶典的歡樂感，帶給自己和家人的那一股莫名的喜悅。

我的奶奶是一個堅毅的女性，一生守著一個大家族，依賴著孩子，過著儉約的生活，所以她很懂得如何打發平淡的日子，也很少會向子孫要什麼，那一代女性所具有的溫良恭儉讓的品德，我祖母一應俱全。雖然如此，她懂得獨立自處、自得其樂，卻不曾有過真實的幸福和安樂，一直擔心子孫們的生計安穩嗎？賺不賺得到錢？那麼多的子子孫孫，用台語來說：真是一串肉粽！祖母的憂煩是沒有落幕的一天。祖母特別疼愛我和哥哥姊姊們，我們也都很愛她，她真正內心的需求，也只會對我們說。

於是，一九九一年夏天農曆七月十四，天氣燠熱的夜，我頂著五個月的大肚子和哥哥、嫂嫂陪著奶奶在田寮河邊站了一晚，等待川流而至的遊行隊伍緩緩經過，遊行隊伍從港邊市區忠一路開始走到田寮河信一路時，已經接近尾聲了，但還是聚集不少觀賞的人潮。祖母穿著一襲夏天的中式長衫，手搖著扇子，看著眼前這番舞龍舞獅熱鬧場景，加上一輛接一輛的絢爛花燈車，目眩神迷而忍不住笑顏逐開，我們都像個孩子一樣開心，祭典也是一種慶典，慶祝生命總是因為愛而完成。

隔年，祖母就完全退化變成真正的孩子了！她愈來愈不認識我們，到後來也不認識她自己，每每回想此事，我內心就好慶幸，陪伴祖母看了她生平最後一次的中元祭遊行，圓滿她的心願。這以後，再去看遊行，就是和先生帶著孩子們去觀賞了，先生將孩子舉在肩上，讓孩子可以穿越擁擠人群看清楚表演，那一幕也應該是父親與我共同的經歷吧！

生命或者世代，就在一年年基隆中元祭典中逐漸交替，每一年的中元祭推陳出新，同樣地我們也一樣隨著新時代的命運之輪前進，我已經很久沒去看中元祭遊行了，對我來說，它就像是一個過去的印記，當然也可能在未來重新再刻印，日本女作家壽岳章子在她的《喜樂京都》書中，談到祇園祭霄山不可思議的魅力，在大汗淋漓穿越雜遝的人群時，腦海閃過一個念頭：「活在歲月的流轉中，真是一件有意思的事啊！」

是的，歲月流轉間，讓我更明白生命真的是一則則故事，你願意如何書寫，完全是你的事。而中元祭是無數生與靈的故事交會，在靜樸的雨港生活迸出一抹璀燦的煙火，照耀出生命的價值，有一點奇幻，也是每一個基隆人會說的故事。

註　雞籠中元祭，或稱基隆中元祭，每年農曆七月於基隆所舉辦的中元法會，是台灣重要民俗祭典，名列為「台灣十二大地方慶節」之一和「國家文化資產」之國定重要民俗。整體以中元節為核心，涵蓋相關民間宗教儀式與官方、民間的周邊藝文活動。從農曆七月一日老大公廟開龕門起，歷經十二日主普壇開燈放彩，十三日迎斗燈遶境祈福，十四日放水燈遊行、海濱放水燈頭以及十五日公私普渡、跳鍾馗，八月一日關龕門等，整個祭典活動長達一個月時間。

本文收錄於鄭栗兒、鄭順聰《基隆的氣味》（有鹿文化，二〇一五）

二〇一五年八月二十七日《聯合報》副刊轉載

清明之憶，潤餅之味

李敏勇

屏東恆春人，一九四七年出生於高雄縣，在屏東、高雄地區成長，短期居住台中，現為台北市民。大學修習歷史，以文學為志業，並積極參與國家重建與社會改造，曾任鄭南榕基金會、台灣和平基金會、現代學術研究基金會董事長。主編過《笠》詩刊，並曾任《臺灣文藝》社長及台灣筆會會長。

出版著作包括：《人生風景》、《聽，臺灣在吟唱：詩的禮物1》、《聽，世界在吟唱：詩的禮物2》、《遠方的信使》；新詩集《自白書》、《一個人孤獨行走》；台語詩集《美麗島詩歌》……。內容包括詩集、小說、散文、譯詩集、文學及社會評論。被譽為持有發亮的瞳孔、冷冽的觀察力、善於表現觀念的詩人。

曾獲巫水福評論獎、吳濁流新詩獎、賴和文學獎。

清明時節的記憶，印象最深的是包潤餅。說包潤餅，更準確地說，是捲潤餅。這些記憶和後來定居台北的生活習慣，是不一樣的。台北人，潤餅是尾牙吃的，而從南台灣遷徙到北台灣的我，我們，家裡的四男一女，除了二弟，其餘都因求學、就業，成為台北市民了，仍然保留清明時節包潤餅吃潤餅的習慣。

我的南台灣生活，是高中以前的事。父母的故鄉都在恆春半島，是恆春和車城，而我的成長是在高屏。父母結婚後，在高雄境內生下我和三位弟弟一個妹妹。我自認既是高雄人，也是屏東人。記憶裡的小時候，很少回到恆春半島、父母的故鄉掃墓。那時候，祖父母還在，外祖父已逝，但不記得小時候是否去掃過墓。而求學、就業北上以後，離開高雄，掃墓好像只是父母的事。

父親過世以後，葬在恆春半島的墓園，每年清明時節都和母親、一些兄弟和孩子南下掃墓。畢竟父親和孩子是相連的血肉，有特別的牽繫。而母親六十歲時，長她七歲的丈夫就離開人世，父親墓園曾在初建時雕砌了「恩愛半生，繾眷一世」的字句，可以想見，掃墓對母親來說，多麼重要！三十年了，這一年一度，掃墓時，母親在父親墳前的細語，那種深情的對話延續著他們胼手胝足，一起養兒育女的人生情懷。

記憶裡的清明時節，現在的清明時節，家人一起包潤餅，吃潤餅。既是過去，也是現在。

母親把這當做重要的事，不只是慎終追遠，更是家人團聚在一起的宴席。在我們家，就算子女已各有家庭，仍然藉著包潤餅團聚，而且不只在清明時節，常常在母親想到的時候，就一起包潤餅。

南台灣的潤餅和北台灣不一樣。不只應景時間不同，用料也有很大差異。若說北台灣潤餅，常見的是燒肉、高麗菜、胡蘿蔔、豆芽、豆干、花生糖粉；那麼南台灣的潤餅，豪華多了，隆重多了，烏魚子、香腸、蛋絲、魷魚、肉絲小炒、豆干絲、芹菜末、蘿蔔乾絲、高麗菜，醮糖大黃絲、豆芽菜、香菜、花生糖粉也少不了。

潤餅皮是必要的。母親知道哪個攤子的潤餅皮好，厚薄適度而且韌度要夠。小時候，母親會交代到哪個地方購買。清明時節，排隊購買時，看著製作潤餅皮的師傅，通常是阿吉桑。他一手拉拔著高筋麵糰，往前面的幾個圓圓大鐵平盤落置。一時之間，就可以拉起一張潤餅皮，反覆不斷。製好的潤餅皮堆疊在一起，隨後論斤秤兩，讓購買的人帶走。

最重要的是潤餅皮。好的潤餅皮不易破，可以包得扎實，吃起來軟潤。潤餅皮太乾，容易破。因為這樣，到哪買潤餅皮，是一定的，從前，在南台灣高雄的家，是這樣子；現在，在北台灣台北的家，也一樣，有時候，還會因為固定的商家未能供貨，改買了其他人的潤餅皮，而有掃興的經驗呢。

母親一直到現在，都九十有餘了，還是自己下廚房，料理潤餅的用料。看她去買菜、備料。從洗菜、切菜、烹煮，專注又細心。我們大人小小能幫忙的很少，聽命行事，參與最多的是：折潤餅皮、攪拌花生粉加糖，把泡軟的魷魚乾切成細絲。這時候，是母親的孩子們一面做一面聊天，見習的時間。

一盤一盤從廚房出來的潤餅用料上桌：蛋皮切成細絲，呈現的是明亮的蛋黃色；香腸煎熟煎透，切成片片，有撲鼻的香味；魷魚乾絲炒肉絲加蔥段，類似客家小炒；烏魚子炭火烤過，有酒香，切成薄片；蘿蔔乾絲炒蒜青；大黃瓜絲要瀝乾水分後拌砂糖；高麗菜清炒；豆芽菜清炒；豆干炒肉絲；芹菜末汆燙瀝乾……還有搗碎的大蒜，切掉根的香菜，真是琳瑯滿目。

這時候，家人就坐，每人面前一個大盤子。包潤餅、吃潤餅的樂趣就是：每個人自己也要參與。先是把一張潤餅皮從鋪了微濕白布巾下的盤子取出，放在自己的盤子。愛大蒜之味的人，先在潤餅皮上抹上一些蒜末，然後撒上一層花生粉墊底。花生糖粉除了可增加風味，還有吸水作用，可緩潤餅皮的濕化。母親的習慣是多加一些加了糖的花生粉，遺傳自她家族長壽傳統，吃甜吃得重也是她的特色，是年紀真大了才稍有改變。而我們也確實感覺吃潤餅多加花生糖粉，風味更佳。

接著呢？我們從小看著母親包潤餅，依序是從較少湯水的用料開始添加。例如蛋絲、豆干肉絲、蘿蔔乾絲炒蒜青、魷魚絲炒肉絲加蔥段、香腸、烏魚子；再加上高麗菜清炒、豆芽菜清炒、大黃瓜絲；然後香菜。每種用料要適量鋪成平板長方形，以便包起來形式圓滿勻稱，沒有經驗的生手是做不來的。

潤餅的大小，端看自己用料多少。包潤餅時，隨意取興，可以偏重適合自己口味的用料。但菜色選取仍有其道理。烏魚子、香腸、魷魚肉絲蔥條小炒，取其香脆；高麗菜清炒，取其清甜；豆芽菜清炒，也一樣；豆干炒肉絲和蛋皮絲，調味補實兼具；而拌砂糖大黃瓜絲，有清爽甜味；加上摻糖花生粉……若不適量取用，常常不可收拾，一張潤餅皮合攏不起來、爆了。相反的，用料太少，薄弱不堪的樣子，有如發育不全。從小，我們都向母親學習、觀摩她的方法。看看母親的表情，就知道是否及格，包得好，還會得到讚賞。

媳婦們參與了包潤餅，開始時，常常失手，另一半，我的兄弟們就會挺身代勞，提供最佳服務。母親說，她的兒子都疼某，不像她那個時代，男人不下廚房，動口不動手。看在眼裡，她羨慕，但並不一定嫉妒。看自己的孩子家庭和樂，她心裡應該感到欣慰。我們在台北，去母親那兒包潤餅時，大多是先生包給太太吃。母親則是習慣自己處理，有時她還在大家吃完之後，把剩下的用料和潤餅皮包給未能參加的孫子孫女。我就常常帶給女兒阿嬤的心意。

清明時節，從前是追憶；父親逝世以後，有些感傷。祖父母那一代和父親，感受有別。

包潤餅時，會想起父親在世時的情景。父親寡言，用餐時也沒有什麼話語。學生時代，從北返南過節，他關心的總是學業，兒女踏入社會時，關心從事的工作、事業。他是自己在外求職謀生，而非承續家產。我和弟弟妹妹，除了二弟以外，也是如此，但比起父親，承續自家裡的福澤要多些。大家一起在母親住處包潤餅時，父親同在的場景彷彿依然，但座位上已無他的身影。面對盤子裡包好的潤餅，心裡會浮上一些悵然之感。

這就是人生之味嗎？一家人聚在一起，追思祖先的清明時節，一起圍坐著包潤餅、吃潤餅。兒女們逐漸長大成年，而父母慢慢變化，包潤餅似乎也將生活的況味包在其中，也包容許許多多的回憶。一家人變成好幾家人，像這樣我們兄弟各有家庭，仍然常以母親為中心，在她住處團聚，在台北的新故鄉，和自己的孩子一起包潤餅、吃潤餅。想著他們她們將來也許傳承這樣的生活情調、人生情境，或，也許不再了。

看著母親在包潤餅，她把潤餅皮擺在盤子，抹了蒜末，鋪上一層花生糖粉，依序擺上用料。潤餅之味有清明之憶，也有我們從小到大，甚至邁入白秋期，進入初老的人生況味。用料擺好後，從內往外捲起，然後左右折疊，再整個捲起來。我們——母親的孩子和孫兒女，也像母親、阿嬤一樣，一個樣子包潤餅。圓滾滾的潤餅握在手上，就如同白色芳香的記憶，從手心傳到心坎裡。

一年一度的清明時節又到了，三弟已約了一起去掃墓的日子。我們都提早一週，以避開交通巔峰時間。從台北到高雄，再租車去恆春，在那兒住一晚，在不同的飯店或民宿感受父母的家鄉不斷在變遷，但仍保有的島嶼南方之南風情。核三廠的巨球代替了燈塔，彷彿沉重的土地上的負荷，而架設的輸電線電桿一路往北延伸，冬後春初的山坡地仍然枯黃，常常讓我想起父親的肩膀，他的靈魂就在半山腰長眠。

住在高雄的二弟，家裡都會準備潤餅、掃墓完後，從高雄搭車返回台北之前，就在那裡一起包潤餅、吃潤餅。傳承了母親的潤餅之味，但不盡相同。回到台北後的清明時節，我和家人仍然會到母親住處，在三弟的家，一起包潤餅、吃潤餅，再現清明之憶。這樣的記憶會流傳在孩子們的心裡嗎？這樣的滋味會流傳在孩子們的口感中嗎？我並不知道，但清明時節的細雨飄落在早春的風中，草木綻放著初綠的風景，在死滅中的復甦情境喻示著生命的自然韻律，綿延而不絕，像一首幽幽的歌謠，記述並吟詠著在時間的五線譜上呈繪的人生。

原載二〇一五年四月五日《自由時報》副刊

仰視浮雲白*

王錦南

一九六九年生於台灣花蓮。自覺是流浪於台北的花蓮子弟，常以「在中心的邊陲視角」來看人論事。

現職高中國文教員，教學資歷近二十年，均在私立學校。注重選文的章法教學，常在相關刊物發表選文分析，涉及章法、作者情思、歷史背景、文化脈絡、現實啟發等面向，主張國文篇章教學宜整合歷史、地理、經濟、地緣政治等，成為跨學科的系統性知識，才能切合實用。認為台灣中學語文教育問題的核心並不在文白多寡，而在閱讀方法的琢磨和閱讀條件的積累，文白之爭或文教存廢只是將語文教育政爭化的思維，也是導致中學生語文能力低落的因素之一。

平日以讀書、運動、教書、寫作為生活主軸，基於關心國文教育的發展，也關注中國兩岸的動態，所寫時評以王睿為名，散見兩岸紙媒和網站。

浮雲無根，漂泊隨化，生滅任緣。人們輕賤它，文學作品多當它是小人；小人難養，君子所鄙，一向如此。

我欣賞浮雲，白色的浮雲。我收藏浮雲，花蓮的浮雲。在台北，高樓大廈與網際網路，彷彿鐵幕；我失卻直視白雲時的純淨與沉靜，近三十年。

鳳信里十九鄰

花蓮有個小鎮，名叫鳳林。鎮南鳳信里一大片台糖所有地上，零星散布一點一點的小聚落，顯得蔗田的廣袤與單調。十九鄰內普遍的瓦房，少數的平房，稀奇的兩層樓房，地闊天空，是我初識社會的空間印象。

但不論哪種房，十九鄰幾乎每家都有前庭後院；我家後院就是菜園子，還有果樹。木瓜、龍眼、芭樂、葡萄、蓮霧、枇杷，全都依時結果；至於蔬菜，沒有種不活的。土肥地沃，靠的

＊ 經作者修訂標題與部分辭句。

全是人糞和豬糞。我暗怨爸爸挑糞潑園子，老把後院搞臭，被太陽晒乾後的糞還更臭。因此我不愛去後院，除了摘果子吃的時候。

十九鄰附近的鳳信國小，周圍還是蔗田，加上一處沒看過盡頭的公共墓地。校園直通蔗田與墓地，彷彿沒有邊界。一個年級一個班，原漢各半，全校不到兩百個小朋友的笑聲，從教室充盈到操場、到蔗田、到墓地，還到天際。那時一記揮棒，小球高飛而去，好像一粒筆珠，在純淨的藍白紙面上慢慢畫過一條無痕的線。

我家是瓦房，前庭圍著竹籬，壞了也不怎麼修它，重點是撐著一扇柴扉當門面就好。爸爸親手將八坪大的前庭填上水泥，那一處水泥地是我的天堂。整個暑假，我時常躺在有屋瓦遮陽的水泥地上，享受背脊透涼，仰視著藍底白圖的天幕。回想起來，那是我最貼近天地的時光；「天光雲影共徘徊」，也只有那時了。唯有在故鄉那塊地上躺成「大」字時，我曾與浮雲共話過，相看兩不厭。

我家後院臨近一條小河，那曾是我的恐懼，因為淹死過人，大人小孩都有。爸出錢請人造了一道鋼筋水泥橋；以前的橋都是幾根竹子綁在一塊再架上兩岸的，容易損壞，容易失足。但我後來過橋時仍有餘悸，覺得河面那些雲影像死去的人。

過河後就是南迴鐵路了。每年暑日，滿載白甘蔗的火車北上經過，一群小屁孩追著扯下白甘蔗來啃，我也在其中。寒假時，客運火車經過，是我淘氣的機會。就在爸爸造的橋一端，有處小洞可以立放沖天炮。只要角度拿捏好，距離不近不遠，恰可以飛到鐵軌上方兩公尺左右爆炸。而河岸邊的籬笆和草叢，是絕佳隱蔽點。

每當聽到轟隆隆的聲音靠近，看見高大整齊的列車駛來，我便算計點燃引信的時機，或嚇司機，或嚇乘客。當驚叫聲與咒罵聲陣陣回饋我的算計時，我已躲在隱蔽點裡笑，笑得倒在地上，對著無言的藍天白雲。但有次，引信點燃後，炮頭歪倒了一邊，霎時衝向我爆炸，嚇得我呆口失神，藍天白雲依然無語。

鐵路之後是狹長的稻田區。「手把青秧插滿田，低頭便見水中天。」我看過而沒見過。田螺是鴨子的美食，我卻從沒吃過家裡養的鴨子，甚或鴨蛋。爸媽都說鴨有毒，鴨蛋更毒，姊說那是為了拿去市場賣的另一種說詞。橫豎我沒吃過鴨和牠的蛋，直到現在。

經過百米長的田埂便可上山，山上真的「白雲生處有人家」；媽會說部分原住民語和日語，使得以物易物的方式還行得通。在山巔上，我反而不常欣賞更接近的白雲，而是老往下看光景，彷彿自己是白雲。每次下山後都會回望山巔，覺得故鄉的山會騙人，明明像雲那般高，卻在山下看得那麼清晰，好像山巔離自己很近。每回我都暗自說不再爬山了。

下山時爸爸的雙肩總是滿載而行，有時只扛著一根巨如成人的木材，我未曾體會他中年後患有風溼性關節炎的兩條腿的壓力；爸四十五歲時，我才出生。每當爸下山經過那道鋼筋水泥橋時，橋身與河面同步震動。在河面上爸爸的影像，與頂天的雲一般高。

張叔

不知何故，我對故鄉的印象停留在夏天，小學時的夏天；花蓮冬天的氣候不怎麼舒適。但春節例外，除了寒假和紅包的緣故，就是幾個空軍防空兵叔叔年初一來家裡熱鬧，把酒言歡，那氣氛的感染力至今難忘。他們一團可掬的笑容，穿著素淨一致的軍便服，說起話來卻是一人一個腔調，把家裡的客廳言語成交響樂團似的。他們對我媽很恭敬，一律稱呼我爸：「王班長！」

我原以為每年都會這樣過，直到有次，我問爸：「潘叔叔他們怎麼都不來了？」爸只是淡淡地說：「都退伍了，誰還來？」當時心裡一陣荒白，沒再說什麼。後來我才揣想，過年就該回家團聚的，那些隊上老兵是把我家權當自己家了，圖個感覺，我爸是他們的臨時大家長。到了退伍後，誰沒個窩呢？儘管他們只是單身窩在被人安排的「家」裡。

與他們稍不同，隊上有位張叔叔，他來自夏天，受過駕駛特訓。他稱呼我爸：「王兄！」有一回，他穿著同款式的軍便服，頂著烈日，走近柴門時引起我家狗兒尋常的汪汪聲。他手拎著兩串荔枝，拘謹而精神地走進前庭叫喚著我；那是我對他的最初印象，是在一個藍天白雲的日子裡，我頭一次知道荔枝為什麼能讓妃子笑。

張叔退伍後，也住到鳳信里十九鄰來，挨近我家，與張嬸育有一女一兒。每年初夏，農民曆三月二十八日那天一早，張叔會拎著自己養的羽毛亮晃晃的一隻雞走進我家前庭，叫喚著：「嫂子啊，這麻煩您了！」那天中午，我家的主菜就是紅燒雞，張叔作陪，有時還加上他沒小我幾歲的兩孩子。張叔的兒女，名字都是我爸起的。張叔喚他女兒：「丫頭！」國中畢業她就嫁人了。張叔的兒子小時候叫我：「哥！」他曾是我的玩伴。

張叔說過自己不認識幾個字，當年十幾歲，在北京的街面上玩，就在青天白日下給拉來部隊了。這幾年大陸劇紅過，我憶起他在花蓮那地道又獨到的北京腔，想著他是否也在故鄉看過故鄉的戲？

爸曾說在部隊時，張叔有次手術差點丟了性命，因為爸的照顧幫上一點忙，張叔也就一直記得這一點事，每年不忘為我爸慶生。退伍後，張叔在鳳信里的台糖蔗田裡苦幹實幹，勤懇持家，日頭成全一個黝黑的他。他總在週末晚上牽著兒子來我家共看古裝連續劇，從黑白畫面看到彩色畫面。

可爸常不待見張叔，自視比人家有材料，常對人使性子，即使兩人都是士官長退役。二姊說，有回爸發脾氣一吼，張叔在椅子上哆嗦成雕像般，一動不動。哥曾看不過去，對爸說：「張叔對你忠心耿耿哪！」爸回說：「他就是集合從不遲到早退，循規蹈矩，立正敬禮而已。這樣換誰不能當士官長？」張叔懂駕駛，爸早年曾力勸他兩人合作，一定能搞出點動靜；張叔沒答應。

十多年前，我去過故鄉一趟，看見已白髮而獨居的張叔。他一開始認不出我，然後要我留下來吃盤水餃，我婉謝了。他問起我爸近況，我說母親已過世，我爸還好——自己聽了都覺得敷衍，張叔則若有所思。當時電視機正播報新聞，張叔忽然糟心地說：「這國家……。」我知道他會怎麼說，但我只匆忙地希望他想開點，在這「帝力於我何有哉」的僻遠鄉間。

劉叔

一路追隨我爸的，還有位劉叔，雲南籍，當過准尉排附，懂木工；但他是為了我二姊而追來十九鄰住。二姊因此趁國中建教合作的機會而避走台北，媽每提及這事就尷尬地笑。後來劉叔娶了一位賢慧的阿美族姑娘，總是笑臉洋溢的。她為劉叔生了三個孩子，生頭一胎時在半夜，劉叔慌慌張張跑來我家尋求協助，我媽當了臨時助產婆。

我對劉叔的印象不在藍天白雲，而是中秋明月。明月下，就在我家前庭擺張圓桌，桌上放盒月餅，幾顆文旦，幾瓶米酒，和一些堅果類的零嘴。劉叔、張叔和爸爸，有時還湊上幾個記不得的長輩，以各種腔調敘説著我還不懂得的故事。明月以外是深廣無極的長夜，陰鬱如碧海。

有一回，約莫讀小六那時候，我瞥見劉嬸從劉家悲傷地掩面離開。那時她已和劉叔離婚了，許是來看孩子的吧？後來她倆男孩都念軍校去了。十多年前去故鄉那一趟，我遠遠瞥見佝僂蒼顏的劉叔獨自蹲在荒蕪的蔗田裡扒索些什麼；他突然抬頭望了我一眼，我居然暗幸他沒認出我，讓我可以未發一語地離開。爸曾説劉叔疑心病忒重，難相處；別人也這麼説爸。

桂伯伯

每年盛夏，時常在近午時分，有位推光頭的在家居士戴著斗笠，頂著烈日，提著一顆花蓮土地生長的西瓜送來我家。那是他誦經念佛的果品，我叫他桂伯伯。

桂伯伯一人獨居十九鄰，屋裡沒有電燈、電扇以外的任何電器；平時罕見他與人互動或交談，除了誦經念佛時還叫人覺得他存在。因此，他與我家的沒什麼言語的「往來」，反成為十九鄰受人側目的一件小事。

我頭一回懂得人的死亡，就是因為桂伯伯。他的墓碑中間刻著：故陸軍上尉桂昌榮之墓。旁邊刻著他的籍貫地：湖南祈陽。

桂伯伯有封遺書留給爸爸，委託爸爸處理後事，書中有：「……可憐我！可憐我吧！」以後多年，在爸爸逐漸失智前，我總聽到爸反覆耳提這兩句話，好像深怕忘記。於是這簡單的兩句話，始終很沉重，對爸對我。

那時我讀小學三年級，桂宅來了三位法師念經，爸要我穿戴孝服孝帽跪拜著，當桂伯伯的義子。我不耐久跪，轉頭問了一句：「還要多久才能回家？」我看見爸的面龐被淚水糊滿。他以怒紅的眼神低聲說：「住口！」

每年清明掃墓，爸帶我到那處沒看過盡頭的公共墓地，祭拜桂伯伯，於是我從小看過各種造型的墳頭與墓碑。

墓區沒有高樓，一望遠便是藍天白雲。大部分人掃墓是來祭祖的，他們祖墳的碑上多篆刻著自己家族的姓氏，有些還建成具有縱深的前庭，許是子孫滿堂的家族所有吧？桂伯伯則只有單薄的一面石碑，好像一張立著的撲克牌。

但我發現，不論大小墓碑，每座都刻上往者的籍貫。爸好像說過，桂伯伯在祈陽老家有個女兒，但他在世時沒講明白，連詳細地址也沒人知道。他一死，那沒人聞問的故事也就隨風散去了。別人祭祖，爸和我祭他，白雲千載空悠悠。

唯有讀書高

小學畢業後，我向升學隊伍就位，鳳林國中位於鎮上。回想騎腳踏車往返那三年，我對生活的印象停滯在課桌與檯燈。腳下透涼的前庭，近在身邊的青山，舉目可見的白雲，幡然遠離；而不見天日的夜晚，倒浸透了生活背景。

就讀花蓮高中以後，通勤、住校，我都嫌。以讀書升學為堂皇理由，我說服爸爸賣房遷居到鄰近花蓮市的吉安鄉。

搬家後，上學近了，信息較多而新鮮了。從吉安鄉到花蓮市的建築，多是兩層樓以上，鄰近花中的亞士都飯店更不在話下。人的心氣隨著建築長高，卻離地日遠，也離故人越遠，彷彿頭重腳輕，本末顛倒的感覺；但我沒以為忤。

有回放學後，我在花蓮市街上看見張叔領著張嬸迎面走來；我不確定張叔看見我沒，但我竟希望他沒看見。他像從前那樣，衣著簡單乃至簡陋，走路時直視前方，全身也直挺著，步子邁得很快，像要匆匆離開這與他不協調的市街。我沒叫喚他——像小時候他叫喚我那樣，不知他為何事突然來到市區，我心裡存放不下這原因。他在故鄉那地方老不裝購電話機，爸為此講到幾乎和他翻臉了。

吉安鄉曾有間防空學校，附近有座眷村，但多是有屋沒眷。爸的同袍故舊退伍後，不少人獨居在這兒；另有一部分人住進新城鄉嘉新村。沒想到十年後，因為搬家，換成爸常走訪那些從前來家裡過新年的防空兵叔叔。

吉安鄉還有座軍人靈塔，位在一處山坡上，在藍天白雲下的景致極好。清明時節爸帶我去那兒祭拜，他每從數不清的小名牌中尋找兩個名字：李龍彪和毛玉田。毛伯伯原住十九鄰我家對面，後來搬進花蓮市榮民之家，他曾送我一塊罕見的「袁大頭」。至於李伯伯，我沒印象，只有爸尋著他小名牌時的嘆息聲。

「清明時節雨紛紛」，我不曾體驗過，記憶中的每年清明都沒下雨。搬來吉安後，除了軍人靈塔，還要往南回鳳林鎮為桂伯伯掃墓，全是晴空烈日下的印象。

我曾借住嘉新村一位江西籍的陳叔家裡，為了準備大學聯考。念大學期間，陳叔過世了。公祭陳叔時，我發現獨身的陳叔人緣很好，現場有許多參與悼祭的年長老兵，不少人還自台南趕來。令我訝異的是，蟄居鳳林鄉間多年的老爸，原來也是個人物。那些多數我沒見過的長輩，居然像列隊般站好，等候我爸一一握手。許多人說我爸還像當年一樣，沒變老；另有人沉默不語，只是冷冷看著。

大家向陳叔遺照鞠躬行禮時，我看見一行字寫著：「陳垗山同志千古」。陳叔公祭儀式上的畫面，讓我回想小時候爸說的故事：他在隊上資格老，參加過抗戰四年，戰場表現很勇敢，我當時還笑他吹牛。抗戰結束，爸不到二十歲，其他人多在這以後才從各地來到隊上充數，沒幾年就被部隊輾轉帶進台灣了。

在我來台北求學乃至工作期間，爸已陸續為其中的不少袍澤送行，並年年獨自一人去祭掃那些日漸增多而超出他年紀和體力負荷的老兵靈塔與墳塚，包括鳳林公墓的桂伯伯——我的義父。

離散生涯

二十多年前開始，有些沒死在公墓或沒病倒榮醫的單身老兵，收拾簡單行囊，拎著花蓮名產，回到大陸南北各地，想把年邁身軀留在十幾歲就離開的故鄉。

但成了家的，不論老伴是閩客人還是原住民，問題比較複雜，許是心緒像往返兩岸間那樣左右為難吧？直到他們再也奔波不動或無能思考。「落葉歸根」，常只是一種久遠的傳說和願望；他們是浮雲，註定隨風來去。「天上浮雲似白衣，斯須改變如蒼狗。」四十年來家國，多少滄桑卻輕如炊煙？那些歸鄉落地了的叔叔們，怕也像杜甫那般發出可嘆的長音吧！

不過，我爸倒因著歸鄉的他們而省了些心，不省心的只剩那些散落在花蓮南北各處的墳塚和墓碑。但更不叫他省心的人，是一位早已遷居海外，入籍他國的同鄉老長官。爸十五歲時虛報十六歲，跟著這位老長官出征，自此遠離湖南故鄉……。近半世紀後，爸才隨團返鄉探親，以花甲身軀跪倒父母墳前。

那位老長官很照顧爸爸，他離台後常寫信來家裡。

那是從海外大城捎給台灣東部鄉間山腳下一分綿長的、深情的、溫暖的問候與關懷，我當時卻不明白他們何以要苦苦維繫那一點微弱卻又執著的通信。這兩造的階級距離、空間距離、生活距離是如此遙遠；久而久之，我對這種信息公式產生逃避式的冷漠與疏離，加上在台北就學與工作的關係，而沒幫爸爸回信給他了。

於是那孤獨的老了的爸爸，和更老更孤獨的老長官，持續在茫茫大洋兩端的孤燈下，顫抖地關懷彼此。有一回，我瞥見老長官來信中的幾句撩亂的字：「離開台灣多年，親友、故舊、門生早已生卻疏離；唯有你還有情有義……。」那時爸已被我強迫搬來台北。

台北就是個「高」字，高樓層，高消費，高學府，高收入，高物價，高血壓……，凡事高人一等，凡事比高。好像矮了一截，就萬丈深淵，或萬劫不復那種滋味。

作為台北人，「忙」是最好的寫照與理由，忙得沒空好好生活，好好做一個人。每年清明，爸還南下花蓮為故人掃墓；我以媽的骨灰在台北為由而省事，並圖想著有沒有更省事的辦法。某年看到一種新聞畫面，一群年輕人在某公署裡靜默三分鐘，說是完成了清明祭祖儀式，這似乎是個有趣的點子。

古人說：「不畏浮雲遮望眼，自緣身在最高層。」我既不在高層，也不見浮雲。遮望我見浮雲的，恰恰是滿城高樓和漫天網路。我學著爬高讀高，而高不勝高。交通如此發達，訊息如此便利，過去受限於交通和訊息的人情世故，卻反而再不那麼人情世故了；或者，是別有一種人情世故了吧！「談笑有鴻儒，往來無白丁」，許才是最深沉的悲哀？

王昌齡送別友人詩：「青山一道同雲雨，明月何曾是兩鄉？」真豁達！青山明月確實無異，花蓮台北看去卻有不同。我還沒在台北找到一處望去清晰的山，也沒找到一處不見高樓礙眼的當空明月和藍天白雲；興許我根本沒意趣找，找的本身已是對青山白雲的貶損。

「顧此耿耿在，仰視浮雲白。」我既不存在耿耿，而耿耿於台北的工作與生活，自無仰視浮雲的時空，也沒有富貴浮雲的情思了。

想念爸爸

想起爸曾遠駐馬祖，受命枕戈待旦對著「來自故鄉的敵人」；然而馬祖的碧海，馬祖的藍天白雲，反讓他更接近故鄉吧？

這麼想著時，我憶起故鄉故人故事，伴著爸爸的骨灰罐，車行在蜿蜒的山路上。窗外的青山、白雲、墳塔，好像人的終極歸宿，哪都一樣。不同的是，台北連這歸宿都是高樓大廈級的，深庭高台，金碧輝煌。

爸曾給我藍天白雲和青山綠地，地闊天空的生活和溫厚樸質的故事。如今我將他閉鎖在這金鑾大殿的小格子裡，青山白雲就在外面，但卻更覺遙遠，心如浮雲。「浮雲遊子意」，說的是這種心情嗎？

告別爸爸時，只有家人在場，媽十多年前已安厝在同一座金鑾大殿。爸生前的故舊袍澤，像浮雲般散去，一如我們自己浮雲般的際遇。很快地，日落日昇，人世流轉的忙碌巨輪，又將輾過無數風乾的記憶，承載新人新事迎風去。

原載二〇一四年十一月二十六日《兩岸犇報》第八十五期

父親走了以後

林慧君

一九六四年出生於台北市，政治大學中文系學士、碩士，淡江大學中文系博士，長庚科技大學副教授。著有《晚清小說中所反映的中國商業界》、《日據時期在台日人小說重要主題研究》、《閱讀父親》，以及論文〈新垣宏一小說中的台灣人形象〉、〈南方文化的理念與實踐——《文藝臺灣》作品研究〉、〈火野葦平與日據時期在台日人的戰爭書寫〉。

一、搬家

我坐在轎車左後座，二哥抱著父親的骨灰罈坐中間，三哥坐在右後座，侄子開車，容易暈車的母親選擇坐前座。四哥開著另一輛車載著嫂嫂、侄女，外子和小犬則坐另一輛車。一家人在父親離開人世八個月後再次聚首，城市的空氣裡還有幾天前元宵節慶的餘味，禮儀師告訴我們這是最適合晉塔的時日。我悄悄在心裡說：「爸，最後一次搬家了！」

享壽九十的父親在人生最後二十年遷居了五回，一切都和我這個女兒有很大的關係。起初先是和母親因為子女嫁娶意見不和，搬至大哥工作室，白天仍繼續到林業試驗所當顧問，下班後回到工作室，有時還趕得及作飯邀大哥一起吃，大哥下班回自己家去，父親就在工作室臥房起居生活。我想當時父親也許圖耳根清靜勝過一切生活享受，而早年為公務出入台灣山林，以天地為逆旅所鍛鍊出的生活能力，讓成為獨居老人的父親顯得還滿自在的，縱然那是婚姻不如意的結果。

父子共居一室的日子在五年後畫下悲傷的句點，大哥病故後我便央父親搬來和我同住，公寓頂樓加蓋的簡單房舍，父親甘之如飴，門戶獨立、出入自得，還能協助看顧外孫，讓父親覺得不會打擾女兒的家庭生活。不久又隨著我們從台北南區山邊遷往市區，在同一個屋簷下飲食起居、共同生活了起來，除了陪伴身長快超過他的外孫，每天清晨還負起餵貓吃早餐的新任務，日子好像可以如此幸福快樂下去。

只是，位在公寓五樓的家對八十幾歲父親的雙膝越來越成了負擔，每天晚上房裡總傳出濃得嗆鼻的肌肉鬆弛藥膏味，我無法想像父親不和我們同住的情景，但我也不能坐視父親日趨退化的關節不管，只好在住家附近租了間電梯大樓套房，希望能減緩父親雙膝的負擔，又能讓我們就近照顧。

我委婉的邀父親去看看新住處，我沒把話說得太明白，只說看看而已，但父親到了新房子現場，不住的發出讚歎聲，如採光好、隔音佳、管理完善、離公車站近……聽了讓我放心不少。回家後，他便積極規劃打包工作，吃晚飯時和我討論著新房子的家具要如何擺、要帶多少鍋碗瓢盆的，反反覆覆，樂此不疲。

終於到了週末搬家日，外子開著家中的休旅車，小犬頭戴棒球帽、褲頭繫著毛巾，把自己打扮得像個搬家工人，幫外公輸送裝了箱的行李、書桌椅、單人床架和床墊，來來回回運了兩三趟。我則提著易碎的廚房用品從家裡走過去，不到兩個小時遷移「工程」便完成了，我們在附近餐館用午餐，父親點了啤酒來喝，說是為了慶祝新生活開始。

有了電梯的輔助，父親的雙膝痠疼減緩不少，每天仍準時到服務的試驗所打卡當顧問，繼續看愛看的書、見想見的朋友，偶爾多走幾回路對膝蓋也不會造成太大負擔。而我固定週末從市場採買食物去給父親，坐下來聽他談談陳年往事，不論是年少留學日本、中年美國進修期間的奇聞軼事，或是派遣霧社、梨山工作階段的老故事，總令我沉浸在歷史長流裡。遇到說過了又重複說時，我也試著提出不同的疑問，不但滿足我的好奇，也藉機鍛鍊父親的腦力，如此一來每回談話的內容可能超過同住時一週的總和，也算是失之東隅收之桑榆。

三年後，即將屆滿八十九歲的父親終於有了退休的念頭，從日常談話中了解他希望退休後有較大的空間讀書寫作，眼前的單人套房如果整天待著恐怕太狹隘，於是又在附近找了兩房一廳一衛的租屋。搬家那天兄長子侄們合力幫父親搬行李、組合新家具，父親累得在一旁休息，剛強的表情顯露些微的柔和，我後來在父親遺留的手帳裡看到他在那天寫著：「孩子們、孫子們，感動！感謝！」的字眼。

這就是我父親經營的家庭，常常原本不樂甚至有些悽涼的事，因著子女對他的敬愛而變得有意義起來。我有時會害怕如此幸福的感覺老天將會如何完結呢？

就在遷入新住處的同時，父親被診察出血管肉瘤的惡疾，但他樂觀積極抗癌的精神，鼓勵了我們子女。我們陪他吃飯、上班、看醫生吃藥，陪他一步一步慢慢走向每一個目的地，度過了既悲傷又安慰，既遙遠又親近的十個月。端午前夕，病房窗外的夕陽才落入西山，父親悄悄離我們遠去。

車行已近一小時，父親的新厝就要到了，二哥拿出手機貼著罈身，放了幾首父親生前喜歡的曲子，我的思緒突然飄到四十年前，小學放暑假的我陪在梨山工作的父親度過了公職退休前的最後時光，父親和我帶著幾箱行李準備搬回台北和母親兄長團聚，公務車只送我們到台中火車站，我們在火車站前包了一台計程車回台北。還記得半路司機停車去吃飯時，我和父親在車上把一包統一肉燥麵弄碎了乾吃止飢，第一次乾吃泡麵的父親還說很好吃。想到這裡不禁有點悲傷，當年那個不懂事愛鬧彆扭的女孩也五十歲了，終於幫父親搬了最後一次家。

二、爸爸去哪兒

父親告別式後，銷假上班第一天，如常的工作，一切彷彿都沒變。下班回家，當捷運台電大樓站電扶梯緩緩升至地面的那一刻，才意識到，我已不必趕著張羅與父親的晚餐，已不需整理換洗的衣物去病房，守喪的儀式已告一段落，父親已化做骨灰……

在仲夏黃昏的溫州街上，我像失憶的老嫗，又像迷路的孩子，黯然神傷。我終於有了整個晚上屬於自己的時間，卻如此傷心。

父親走後，一起生活過的空間、走過的街道，總是漫衍著對他的記憶。曾經每星期都去外帶許多家常菜的飯館，老闆隨口一句：「今天點這麼少？」都令我頓時言語僵澀，但既然之前沒和老闆說是買給誰吃的，此時再多的說明也只苦了自己。

黃昏最是思父時分，回家成了傷心路。於是，離開已生活了半世紀的台北，搬到記憶中父親未曾出現的淡水。隨著潮汐沖散，父親的影子淡了。只是一搭上捷運出了淡水，思緒一路南行，時光逆流微熱，出門卻像回家般，溫慰我對父親的懷念。

離開竟是為了親近你，爸爸，去哪兒？

忠義站

出了忠義站左轉，穿過醫院新建中大樓工地長長窄窄的通道，就到了父親那一年經歷腫瘤開刀、放射治療、安寧照護、往生的醫院。而今忠義站一映入眼簾，探望、看護、送終的種種，如默片般反覆映現在腦海裡，經歷了一場漫長的道別，父親下了車，我在車上手足無措。

沒有一個站名願意成為旅客唯一的傷心記憶，但傷心未必冰冷，「忠義」兩字畢竟有些溫度，它也讓我憶及父親手術後的笑顏，醫護人員的溫暖與熱忱，父親吃鳳梨切片時滿意的表情，還有母親和父親話別此生時堅毅的神情……忠義站，讓我想起父親已經離開，又忘了父親已經離開。

北投站

那是父親最後一次泡溫泉的所在。

父親僵硬、疼痛的膝關節總提醒著他身軀已七老八十了。一生熱愛讀書的他，對看醫生顯得消極，從大量閱讀最新出版的日文書籍吸收醫療、食療知識，佐以每日萬步及國民健康操，並積極食用富含膠原蛋白的食物來保養，父親對自己爬過百岳的雙腿仍「自我感覺良好」，精神上毫無老意，即使背影已老態畢露。

晚年遭重症摧挫後，原本對腿力恢復還抱著希望的父親，以少見的沮喪語氣表示腿痛想泡溫泉。

於是那個秋天的週末，我們開車載父親到北投的溫泉飯店，父親獨自在小湯屋泡了一下身體，又在沙發上小睡片刻後才招呼我們回家。我永遠無法知道氤氳迷濛的那一個小時，父親想著些什麼？後來是因為舒服得睡著？還是太累了呢？睡著時有夢嗎？

我只記得泡完溫泉的父親，看起來顯得更疲倦了。

民權西路站

我每日下班回家的交通轉運站。

多年來它在我匆匆行色中靜默的守護著，靜靜的聆聽我趕著回台電大樓站和父親吃飯的急促腳步聲，默默的目送我趕著去忠義站的醫院探望父親焦慮的身影。直到那年的六月十日傍晚，一如往常走到民權西路站前，一種不尋常的感覺襲來，突然很想見父親，便搭上往醫院的列車。

進了病房，見了已昏睡多日的父親，我把手伸進被子裡，握握他那微冷的手，在他耳邊說：「お父さん，Wendyです。」就像每次打電話給父親時，一樣的開場白。

距離當時不過九個月前，父親動完腫瘤切除手術後，也像這樣睡在病床上，而我在陪病床上輾轉反側，父親的鼾聲像老式蒸汽火車般，轟隆隆的將我的記憶拉回四十年前的梨山，那時父親派駐在電源保護站工作，上小學的我總在寒暑假時上山陪他，熟悉的鼾聲在異鄉的夜裡安撫了認床的孩子，而四十年後，我又再一次在父親的鼾聲裡入睡。

父親藏在被子裡的手顫抖了一下，像是無法解譯的電碼，鼾聲不再，父親睡得如此安詳。

民權西路站，不只是交通轉運站，也是我今生想念父親的起點。

中山站

小學時的假日，如果父親從梨山回來，我總賴著父親問：「爸爸，我們去哪兒？」「中山北路吧！」父親笑笑說。

我們沿著中山北路往北走，經過二段九十九號的敦煌書局時，沒有要買什麼，但總忍不住彎進店裡，摸摸英文原裝書、欣賞一張張進口的卡片，把整間書局每一個角落觀覽一回後，兩人才心滿意足的離開。

出了敦煌書局再往北走便是福利麵包店，那時福利麵包店還是美軍顧問團的供應商，店裡擺滿各式洋味糕點，像過節一般熱鬧。記得有好幾回父親買了動物造型麵包給我，有鱷魚、螃蟹和烏龜，多到可以吃一整個禮拜。

提著麵包心滿意足走出店來，差不多該回頭了，父親領我過馬路到當時的大同工學院前，停下來欣賞校門口幾株楓樹，或夏綠或秋紅，駐足一會兒後再一路往台北車站走去。途經長安西路口的林田桶店時，父親總會叮嚀我放慢腳步，教我聞聞桶店裡檜木的香氣。

為什麼父親那麼喜歡帶我去逛中山北路呢？我猜想，也許七〇年代的中山北路讓父親回想起一九六〇年被公司派往美國研習一年的充實之旅，一個我來不及參與的盛世，但欣賞美好事物的眼是父親教我睜的。

台大醫院站

四號出口外的二二八和平紀念公園，是我心中永遠的新公園，觀景池旁有五歲的我模仿父親餵池魚吐司皮的身影。父親撕著吐司麵包皮，一邊遞給我，一邊說著在東京求學時如何以吐司麵包皮果腹的事。

父親十五歲離開故鄉屏東到當時殖民母國日本留學，在戰爭中經歷困苦的半工半讀生活，以及來不及為我祖母送終的痛楚，最後的一年半甚至和老家失聯。因此當一九四六年父親雙腳踏上基隆碼頭時，他得想辦法把身上少有的日幣換成台幣，才能回到朝思暮想的故鄉。

父親在基隆車站搭上夜車，翌日到達屏東，趕回老家卻只看到一片廢墟，在四顧茫然中，一位老鄰居正巧經過，告訴父親新家的所在，還說：「你老父每晚都去車站等你。」

父親說祖父幾乎每天都到屏東火車站等他，只因祖父相信自己的孩子一定會回來，但老家已經毀於盟軍轟炸，他得去車站接兒子回新家。祖父計算著如果一早從基隆搭火車南來，應該是晚上到屏東，所以總在車站等到最後一班火車。

我和祖父是沒交集的，一來他長年住在屏東，父親說我出生的時候，祖父正好到台北的大姑媽家住，父親向他報告得一女時，他「哼」了一聲而已，也不興什麼看看的。父親說如果祖母還在的話，一定會很疼我。「真的嗎？」小小的我心中也有一種類似遺憾的感覺。

中正紀念堂站到了，我得下車換搭松山線，才能銜接起父親仍在世時的淡水線記憶。

台電大樓站

二號出口上來，從辛亥路往南，彎進溫州街巷子的老公寓，是父親和我們共同生活了十年的地方。日子裡有三代同堂的美好時光，包含了許多親子對話，不論是父親年少日本留學、中年美國進修期間的奇聞，或是後來派駐霧社、梨山工作階段的軼事，總令我們沈浸在回憶的和風中，彷彿跟著父親走過了許多地方。

父親因癌症動了手術後，仍堅持退而不休的到研究室工作。我一早陪他走到羅斯福路上，目送他上計程車，像送孩子去學校一般，才明白老人家想上班和孩子不想上學的意志是等同的，是一樣要被尊重的。

自父親病後，相處的每一刻顯得既溫暖又感傷，想到父親的身體越來越不從其心，意識到人生已無法回復它原本的模樣，我總是提醒自己不要被疾病擊倒，畢竟我們真正愛的是父親，不管他是病了或回不去了，那都屬於我們所愛的一部分。

公館站

從出生到國中畢業，公館是我成長的天地，餐桌上的料理全都是母親從水源市場採購來的，台大校園是我們兄妹的運動場，父親最愛說：「多去台大校園玩，以後就會考上台大，像你大哥那樣。」

夏天晚上，日式宿舍裡熱得不得了，父親總領我走出屋外，沿著羅斯福路四段，一路散步到水源市場，好幾次父親指著興建中的天橋說：「等你上小學的時候就蓋好了，你就可以每天走天橋去銘傳國小了。」

小學六年級時參加台北市作文比賽得了佳作，身為台北市的小學生題目卻是「在山上的生活」，寫的是小學三年級暑假隨父親到梨山工作的情形，作文的後半段是這麼寫的：

每天上午，爸爸都帶我去觀察氣温、氣候、風速，量雨量、蒸發量。爸爸都一一解釋給我聽，其中我最感興趣的是「蒸發量」。蒸發量就是每天的水分蒸發多少？因為怕小鳥來偷喝水，所以就在桶子旁插上一枝枝的鐵絲，真有趣。

有時候起得早，就到原住民的果園散步，那些泰雅族的原住民，對我們都很好，我們要回台北的時候，還把梨子、蘋果一箱箱的送給我們，使我和爸爸感激不盡。

在梨山生活兩個月，從來沒有回家過，一轉眼，學校快開學了，於是我就回台北了。

啊！這已是三年前的事了，但是讓我永遠難忘。

啊！這已是四十年前的事了，但是讓我永遠難忘，難忘十二歲女孩天真的預言，難忘留在我心底父親工作的模樣。

父親一生工作了七十多年，病情惡化時，還掛心不能出差的事，其實父親已經十幾年不需要出差了，但父親在病床上著急的說：「上梨山的路會不會崩塌？埔里那段路沒地方上洗手間……」那一刻，沒有人知道父親處在哪個時空，我把父親說過的山林故事在腦海裡快速翻檢了一遍，勉強擠出話來安慰他：「山上下雨，路不好走，我們先在旅館休息。」父親似乎被我說服了，勉強躺下休息。

「休息」是為了走更長遠的路？我望著多日昏睡的父親，想起祖母過世時父親剛滿二十歲，正在日本求學，為了避免父親因此中斷學業，祖父過了半年才寫信告訴父親噩耗。父親說祖父在信中勸慰：「人生只是到世間的一趟旅行，旅行結束了就得回去。」我想這也是父親面對死亡的態度。

二〇一三年六月十一日傍晚，父親平靜的走完九十年的旅程，踏上歸途。車就搭到公館吧，再往南視線更模糊了。走出公館捷運站，地上人潮穿梭，我望著天空，心想：「爸爸，去哪兒？這次，祖父接到您了嗎？」

選自林淵霖、林慧君《閱讀父親》（城邦印書館，二〇一六）

人間 書訊

當代大陸新銳作家系列

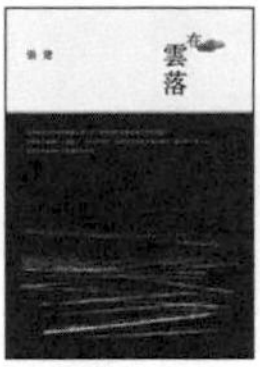

01 在雲落　張楚著　二〇一四年十二月出版

二〇一四年魯迅文學獎得主張楚第一本台灣版小說集

河北作家張楚的《在雲落》以現代主義筆緻，書寫北方小縣城裡面貌模糊、生存堪慮的人們面對生活中種種困阨與苦難時的現實選擇與精神狀態。無論是〈曲別針〉裡既是殘暴凶手也是慈愛父親的宗國，或是〈七根孔雀羽毛〉裡吃軟飯的宗建明，甚者是〈細嗓門〉裡因不堪長期家暴殺了丈夫後，被捕前到了閨蜜所在的城市，想幫閨蜜挽救婚姻的女屠夫林紅；張楚既逼近他們的生命創傷又滿含悲憫，寫出他們絕望的黑暗與卑微的精神追求，介乎黑暗與明亮間蒼茫的生存景觀。

02 愛情到處流傳　付秀瑩著　二〇一四年十二月出版

被譽為具有沈從文之風的七〇後女作家

在《愛情到處流傳》中，北京作家付秀瑩以沉靜的目光靜看「芳村」，遙念「舊院」，不管是「芳村」系列中農村大家庭裡夫妻、母女、贅婿們之間的愛情與競爭，或者是〈小米開花〉裡，小米的性啟蒙與看待身體的方式，無一不精準的抓到鄉村人們特有的、微妙的人際關係、獨特的處世方式與世界觀。另一部分作品則是書寫都市人們精神與情感的隱密曖昧：〈出走〉裡男性小職員亟欲逃離瑣碎平庸日常生活的衝動；〈醉太平〉中學術圈裡浮沉男女的利益交換、欲望追逐；〈那雪〉則寫出了都市女性的情感缺憾。付秀瑩以傳統溫柔敦厚的溫暖剔透筆法，書寫了這人世間的岑寂荒涼。

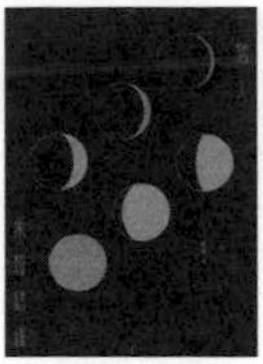

03 一個人張燈結彩　田耳著　二〇一四年十二月出版

當魯蛇（loser）同在一起！

《一個人張燈結彩》具有鮮明的通俗色彩，來自湘西鳳凰的田耳筆下的人物都是現實世界中的失敗者、邊緣人、被損害者，他們在陰鬱、沒有出口的情境中，群聚在一起，以欲望反抗現實困厄的生存法則，以動物感官吹響魯蛇之歌。他們欲以魯蛇之姿，奮力開出一朵花。

04 愛情詩　金仁順著　二〇一四年十二月出版

與衛慧、棉棉、陳染齊名的七〇後女作家

二〇〇二年的〈水邊的阿狄麗雅〉造就了二〇〇三年張元、姜文和趙薇的電影《綠茶》。二〇〇九年的〈春香〉又開啟了朝鮮民間傳說的故事新編。不管是朝鮮族的金仁順、女作家的金仁順，或是編劇的金仁順，她總面對著愛情，描繪著孔雀開屏時的美好與幸福，以及華麗開屏背後的殘酷與幽微。

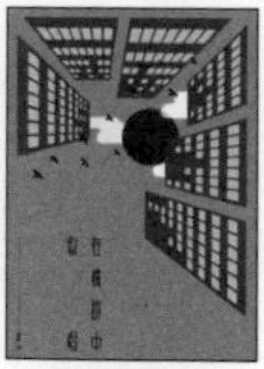

05 在樓群中歌唱　東紫著　二〇一四年十二月出版

山東作家東紫擅長日常生活化敘事，在《在樓群中歌唱》一書中，她敏銳細膩地觀察人情百態，寫出各階層人物在近乎無事日常生活中的情感空虛與心靈創傷。〈白貓〉藉由一隻白貓介入初老失婚男性與闊別十年的十八歲兒子重聚的生活，帶出父親對兒子期待又戒慎恐懼的情感、初老失婚男性枯寂冷漠的生活與對生命的回顧與甦醒。〈在樓群中歌唱〉中，透過喜歡唱著「我在馬路邊撿到一分錢，把它交到警察叔叔手裡邊」的清潔工李守志無意間撿到十萬元所引發的波瀾，寫出消失中的德性與安於本分的快樂。東紫的作品看似庸常，卻宛若「顯微鏡」般總能於瑣碎中見深刻。

06 狐狸序曲　甫躍輝著　二〇一四年十二月出版

剛滿三十歲的甫躍輝來自中國南方邊陲保山，大學考上了上海復旦大學，從此開始了一個鄉村青年的都市震撼教育，也開啟了他的創作之路。身為作家王安憶的學生，也為現在大陸最受注目的八〇後青年作家之一，他的小說主人公多數和他自身一樣，是外地移居上海的異鄉人，他們孤寂，他們飄零，他們邊緣，他們是大城市中的一點浮塵微粒，他們存在，但並不擁有這個世界。然而，這群浮塵微粒也有過去，因此，他也喜寫老家保山，這個孕育他想像力的故鄉。在這些鄉村書寫中，可以察覺出他對幼年時代農村生活的懷念。然而，懷念亦表示這群浮塵微粒再也回不去了，他們注定在這個世界中繼續飄零。

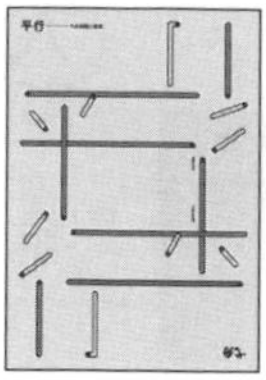

07 平行　弋舟著　二〇一五年十一月出版

蘭州作家弋舟寫作題材多元，他描寫愛情、親情、友情，他勇於直面社會的不公、時代的不義、人身肉體的老朽、愛情的逝去、親情的消融、友情的善變。弋舟用他充滿愛情的眼光，深情的注視著這些生活中的起承轉合、陰晴圓缺，然後執筆，將這一切化作一句句重情又深刻的文字。

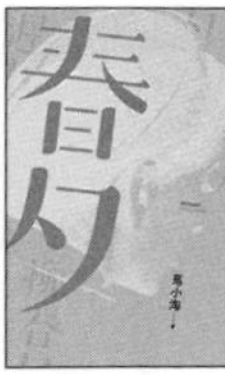

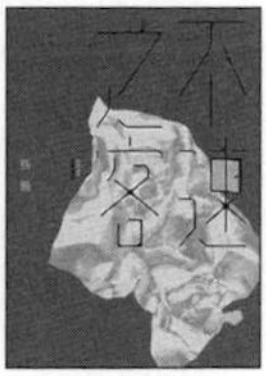

08 **走甜**　黃咏梅著　二〇一五年十二月出版

杭州七〇後女作家黃咏梅擅長從日常出發，透過一點一滴、細水長流般的生活細節，描繪出單身大齡女性的複雜心理和細緻的情感流動。她筆下的女人們，多數生活在狹小的南方騎樓。她們煲湯，她們喝粥；她們有情有義，有哀有怨；她們不死去活來，不驚天動地；她們放下浪漫，立地成佛；她們在平凡的日常中，過得有苦有甜，有滋有味。

09 **北京一夜**　王威廉著　二〇一五年十二月出版

定居廣州的八〇後作家王威廉喜從哲學思辨出發，透過他筆下的一個一個人物、一篇一篇故事，討論人的存在意義，並對虛無和絕望進行巨大的反抗。如此，王威廉的作品成為在思想與藝術張力之中，又隱含著深奧迷思的詭祕綜合。

10 **春夕**　馬小淘著　二〇一五年十二月出版

北京女作家馬小淘小說中的角色幾乎都是伶牙俐齒的新世代少女，她們多數從事廣播工作，透過作者幽默犀利的對話和明快聰慧的筆調，表現出這批新世代年輕人的機靈、俏皮與刁鑽，字裡行間充盈著八〇後的生猛活力。然而，她們並非不解世事。在一些世故卻又淡然的細節和收束中，我們又可以看出這些新世代少女直面低工資、無情愛、蟻族困境等日常生活壓力時的韌性和勁道。

11 **不速之客**　孫頻著　二〇一五年十二月出版

太原八〇後女作家孫頻迥異於一般女作家溫柔婉約的陰柔寫作特質，以極具力道和痛覺的陽剛式寫作方式，創作出一篇篇討論底層人們生存與死亡、尊嚴與卑微、幸福與苦難的作品。透過這些懷有強烈敘述美學和文字魅力的作品，孫頻展現出在人間煉獄中，人們用殘破的肉身於黑暗與光明中穿梭、抗爭的力度、堅韌與尊嚴。

12 **某某人**　哲貴著　二〇一五年十二月出版

溫州作家哲貴運用他曾經擔任過經濟記者的經驗，創造出「住酒店的人」、「責任人」、「空心人」、「賣酒人」、「討債人」這五種類型的人物，並透過這些人物描繪出中國改革開放之後的巨大社會困境，以及由此帶來的人心的徬徨與荒涼。這群人在被他命名為「信河街」的經濟特區中，在各大高檔會所、高爾夫球場、高級餐廳中進行巨大的資金、商業交易和利益交換，然而經濟危機讓他們無法從中脫身，他們躁動不安、騷動無助，他們漸漸的迷失於商業數字中。最後，在大環境一步一步的侵逼之下，人心只能深陷於迷惘、浮動、空心和荒蕪中，無法自拔。

國家圖書館出版品預行編目（CIP）資料

十字路口：臺灣散文．2015 / 藍建春，沈芳序編選．-- 初版．-- 臺北市：人間，2016.09
280面；14.8 x 21 公分
ISBN 978-986-93423-2-2（平裝）

855　　105014785

十字路口——台灣散文2015

策畫　呂正惠
編選　藍建春、沈芳序
執行編輯　曾莠筑、蔡鈺淩
封面設計　蔡佳豪
內文版型設計　黃瑪琍
排版　仲雅筠
校對　蔡鈺淩、曾莠筑、高怡蘋、邱月亭

發行人　呂正惠
社長　林怡君
出版　人間出版社
　台北市長泰街五十九巷七號
電話　（02）23370566
傳真　（02）23377447
郵政劃撥　11746473．人間出版社
電郵　renjianpublic@gmail.com

定價　三二〇元
初版一刷　二〇一六年九月
ISBN　978-986-93423-2-2

印刷　崎威彩藝有限公司
總經銷　聯合發行股份有限公司
　新北市新店區寶橋路二三五巷六弄六號二樓
電話　（02）29178022
傳真　（02）29156275